ジョン・コリア／著
井上雅彦／編　植草昌実 他／訳

予期せぬ結末1
ミッドナイト・ブルー
Midnight Blue

扶桑社ミステリー
1331

MIDNIGHT BLUE
By John Collier

編集序文

井上雅彦

皆様。とても、愉しい本ができあがりました。

本書は、海外の短篇小説を——それも、ある特別な種類の短篇小説を——こよなく愛するあなたのような方のためのシリーズ……その記念すべき一冊目なのです。

燦《きら》めくアイディア。

巧妙なプロット。

そして、《予期せぬ結末》の物語……。

遠い昔、《予期せぬ結末》の語り部は、テレビでした。

昭和三十年代の白黒テレビ。月明かりのような光の粒子を集めたブラウン管に、その物語は映し出されました。『ヒッチコック劇場』、『ミステリーゾーン』、『世にも《ワン・》不思議な物語《ステップ・ビヨンド》』、『アウターリミッツ』。

いずれも、三十分（もしくは、六十分）の短篇ドラマです。

幼稚園の入園前から、私は強く惹《ひ》きつけられました。

おごそかでユーモラスな音楽とともに、ブラウン管に映る太ったおじさん（アルフレッド・ヒッチコック）のシルエットと、面白おかしく語られるドラマの前口上。

あるいは——画面いっぱいに映し出された満天の星空に、幽霊みたいに浮かびあがる白いドアや瞬《まばた》く眼球……そして、『TWILIGHT ZONE』のタイトル文字。

「なんだか、面白いことがおこるぞ——」

という期待とともに、引き込まれたのは、怖いけれども、よくわからないオトナの話の筈《はず》だけれども、なんとも面白いドラマ——子供心に感じたのは、独特のいいムードと、素敵なセンス、そして……アッと驚く《予期せぬ結末》でした。

思い起こせば、なにもかもが、この頃から始まっていたに違いありません。

そう。あの特別な本たちとの出会いにしても。

ミステリー、怪奇幻想、SF、ファンタジー……。

このテの小説たちと、はじめて出会ったのは小学校の帰りに寄った貸本屋でした。

思わず手にとったのが、あの太ったおじさん——ヒッチコック編の『私が選んだもっとも怖い話』。後になって、その名前を意識することになるレイ・ブラッドベリ、リチャード・マシスン、シオドア・スタージョンなどの短篇がずらりと揃《そろ》っていたこの本は、私が生まれてはじめて出会ったアンソロジーです。この本で短篇小説の面白さを知り、様々な本を読むようになってから、やがて出会ってしまったのが『異色作家短篇集』でした。深みにはまった短篇作家たちは、ヘンリー・スレッサー、ロバート・ブロック、チャールズ・ボーモント、そして……ジョン・コリア。むさぼるように読みながら、脳の中のブラウン管に、短篇ドラマを映し出している自分に気がついていました。──そう。この物語たちには、それがあったのです。独特のムード。素敵なセンス。燦めくアイディア。巧妙なプロット。そして、《予期せぬ結末》が……。

本書からはじまるこのシリーズは、このような特別な種類の短篇小説を愛する方のために編まれた作家別の個人短篇集です。登場するのは、『ヒッチコック劇場』や『ミステリーゾーン』に原作を提供していた作家たち。

日本では、〈異色短篇作家〉としてくくられることの多い彼らですが、実は、そのなかの何人もが、『ヒッチコックマガジン』までも創刊したヒッチコックや、『ミステリーゾーン』の製作者ロッド・サーリングを通じて、互いに面識があったとのこと。マシスンとボーモントの友情や、ブラッドベリへの敬愛は有名ですが、ブロックが、スレッサーが、ロアルド・ダールが、そして、ジョン・コリアが、ある者はスタジオで、ある者はパーティー会場で、ある者は言葉を交わし合い、ある者はその作品のみを通して、互いに刺激を受け合い、切磋琢磨《せっさたくま》し、親睦《しんぼく》を深め、創作で燦めき合う、そんな関係だったであろうことが、少しずつわかってきました。

なるほど、ジャンルの垣根など跳び越える筈です。

テレビの短篇ドラマが育んだ小説仲間のコミュニティ、なんとも贅沢《ぜいたく》な文藝《ぶんげい》サロンが、あの時代に存在したのです。

彼らは、あの時代のテレビドラマに――カルチャーとしての短篇ドラマに――愛された作家たち、と呼んでもいいでしょう。

すなわち――《予期せぬ結末》の達人たちです。

そんななかから、至高の名人芸を集めていこうというのが、このシリーズなのです。

そして、本書――第一巻に登場するのは、ジョン・コリア。

〈異色短篇作家〉を代表するような作家でもあり、現在、入手可能な二冊は、もはや古典というべきかもしれません。

それに対して、なんといっても本書の特徴は、今回はじめて訳される「本邦未公開作品」と、かつてミステリー専門誌やアンソロジーに収録されたまま、個人集に一度も収録されたことのない貴重な作品とで、一冊の半数以上を占めていることです。（残りの作品も、貴重な名訳ゆえにどうしても収録したかった一作以外は、すべて現在新刊で読める機会のない名作ばかりです。）

読者の皆様に「まだ、こんなコリアがあったのか！」とお喜びいただけるなら、これほどうれしいことはありません。

思い起こせば——なにもかもが、あの白黒テレビの頃から始まっていたのかもしれません。

脳の中のブラウン管に、自分だけの短篇ドラマを映し出す習慣が昂《こう》じて、私は小説書きになりました。作品の多くが短篇です。（都筑道夫さんに賞を戴いた最初の作品は、『ヒッチコック劇場』を意識したショートショートでした。）

オリジナル・アンソロジー《異形コレクション》を立ち上げた時は、ヒッチコックやサーリングの立ち位置に自分を重ねていたのかもしれません。

そんな私に、《予期せぬ結末》の編纂《へんさん》という大役をくださった扶桑社の吉田淳さんに、この場を借りて、心から感謝を捧《ささ》げます。

そして、もう一人。短篇作家たちの貴重な原書と、往年の翻訳ミステリー専門誌の重たいコピーの山を抱えて、幾度も熱心に大宮まで通って来てくれた〈短篇作家の生き字引〉のような翻訳家・植草昌実さんに、心より感謝。

彼がいなければ、作ることのできない本でした。『西屋珈琲店』の極上の珈琲の香りの中で幾度も時間を忘れた、あの愉しい編集会議の思い出に……。

……さて、コマーシャルの時間が終わりました。

《予期せぬ結末》、これからが、本編です。

目次

第一部　犯罪と幻想

またのお越しを
The Chaser

燦《きら》めくアイディア。巧妙なプロット。そして、《予期せぬ結末》。

この三つは、ショートショートの三原則と呼ばれる「新鮮なアイディア、完全なプロット、意外な結末」に肖《あやか》ってみたものです。

まずは、ショートショートで、お愉しみください。

私の知る限り、この種の〈薬〉をモチーフにした作品のなかでは、一、二を争う傑作です。かの『ミステリーゾーン』でも、「媚薬《びやく》」の名で映像化された本作。今回は、新薬で――いや、新訳でどうぞ。

アラン・オースティンは、仔猫《こねこ》のようにおどおどしながら、ベル・ストリートの一角の暗い階段をぎしぎし上り、ほの明るい踊り場をしばらく見まわして、ようやく目当ての表札を見つけた。

教わったとおりにドアを押し開け、キッチンテーブルとロッキング・チェア、もう一脚ふつうの椅子《いす》があるきりの小部屋に入った。薄汚れ黄ばんだ壁の一方には二台の棚があって、それぞれに瓶やら壺《つぼ》やらが十本ばかりずつ並んでいる。

ロッキング・チェアには老人が座って、新聞を読んでいた。アランは黙ったまま、紹介状を彼にわたした。「どうぞお掛けください、ミスター・オースティン」老人はていねいな口調で言った。「お目にかかれて光栄に存じます」

「聞いてきたんだけど」と、アランは切りだした。「ここで調剤する薬には――その――驚くばかりの効き目があるんだって?」

「ございますとも」老人は答えた。「うちはたいして大きな商売ではありません。下剤だの歯痛止めなどの調剤は承らないもので。ですが、どのようなご用命にもおこたえできます。どこにでもあるような効能のものはございませんが」

「ええっと、ぼくがほしいのは——」アランは話しはじめた。

「たとえば」老人は彼に耳を貸そうともせず、棚から一本、瓶を取った。「この薬は水のように色がなく、味らしい味もしないので、コーヒー、ミルク、ワイン、どんな飲み物にいれても気づかれる心配はございません。どのような検死方法を用いても、痕跡《こんせき》を見つけることさえ、できないでしょう」

「それ、毒薬ってこと？」アランの声は上ずった。

「洗浄薬とお呼びいただいても結構です」老人の口調は落ち着いていた。「人生を洗い直す必要も、ときにはあるものです。いわば、しみ抜き剤ですな。昔から、『消えろ、目障りなこのしみ！』と申します。いや、あれは『消えろ、束の間の灯火《ともしび》！』でしたか」

「そういうものが欲しくて来たわけじゃないんだけど」アランは言った。

「まあ、お話だけでも」老人は続けた。「お値段はまだご案内していませんでしたね。ティースプーン一杯で、五千ドルでございます。値引きはいたしません」

「おたくの薬がどれも、そんな値段でないといいな」アランは心配げに言った。

「もちろんですとも」老人は答えた。「たとえば、愛に効く薬なら、そのようなお値段でお分けはいたしません。愛の薬をお求めのお客様はお若く、五千ドルと申し上げては無理というもの。もしそれだけお持ちでしたら、他の使いみちをご存じというものでしょう」

「そう聞いて安心したよ」

「これが私どもの商売でございます。一度お喜びになったお客様は、別の御用のときもまたいらっしゃるものです。たとえお望みのものがお高くても。必要なものなら、手に入れるためにご貯金もなさいますでしょう」

「ということは」アランは口をはさんだ。「媚薬《びやく》の類《たぐい》も売っているんだね」

「もちろん、ございますとも」老人はもう一本、瓶を手に取った。「愛の薬がないのならば、他の薬のお話などいたしません。お望みのものがあればこそ、特別なご案内もできるというもの」

「でも、その媚薬は」アランは尋ねた。「効き目は一時的だとか、ごく短いとか……」

「ご心配なく」老人は答えた。「効果はすぐに現れ、切れることがない、と申し上げてもよいほどに続きます。すぐ効く、長く効く、まさに両得。たっぷり、しっかり、果てしなく、というところですな」

「こいつは驚いた！」アランは科学者のような冷静さをよそおった。「実に興味深い」

「肝心なのは、精神面への効果です」老人は続けた。

「なるほど、そうだね」

「たとえば、その女性があなたに無関心でいるなら、深い愛着を覚えるようになります。軽蔑《けいべつ》が崇拝に変わるほどに。意中のかたに、ほんの一滴お試しになれば——オレンジジュースでもスープでもカクテルでも、気づかれる心配はございません——そのかたが派手好きで目移りがはげしくても、別人のようになります。あなたと二人きりでいられるなら、ほかには何もいらない、と口にするほどに」

「信じられないなあ。彼女ときたら、パーティが大好きでね」

「この一滴で、行きたがらなくなるでしょう。あなたが他の女性に目を向けないようにするためにも」

「やきもちを焼くようになるかな？」嬉《うれ》しさあまって、アランの声は高まった。

「はい。ご自分のすべてをあなたに捧《ささ》げようとなさるでしょう」

「ぼくのすべてはもう彼女のものなんだけれどね。でも、彼女は気づいていないみたいなんだ」

「この愛の薬が変えることでしょう。進んで、あなたに身も心も捧げること、うけあいですぞ。あなたこそが、そのかたの生き甲斐《がい》になるのです」

「すばらしい！」

「あなたのすることすべてを知りたがるでしょう。一日のあいだに何をしたか。一言一句、何を言ったか。考えていることの一つ一つも。なぜ笑ったか、どうして浮かぬ顔をしているかまで」

「まさしく愛だ！」アランは叫んだ。

「おっしゃるとおり。そのかたは心からあなたに仕えるでしょう。お疲れのようだったり、すきま風の通るところに座っていたり、食欲がないようなそぶりを見せたら、もう放ってはおきません。お帰りになるのが一時間も遅くなったら、それこそ大騒ぎになります。殺されてしまったのかしら、どこかの美女《サイレン》の誘惑に負けてしまったのかしら、とばかりに」

「ダイアナがそこまでぼくを思ってくれるなんて、信じられない！」アランは感きわまった声をあげた。

「信じられますとも。もっとも、男たるもの、一歩外に出れば美女《サイレン》の歌声に惑わされるものです。あなたがもし、惑わされてちょっと道を外れたとしても、大丈夫。そのかたはあなたを責めはしません。もちろん、悲しみはするでしょう。それでも、あなたを許すはずです──最後には」

「浮気なんてありえないな」アランの口調には熱がこもっていた。

「さようでございましょう。でも、万が一のことがあっても、ご心配なく。そのかたが離婚話を切り出すことはないでしょう。そう、ありえませんな。離婚なんてとんでもない──そのかたが一緒にいたい、と願い続けることに、あなたは不安にお思いになるかもしれません」

「ところで、そのすばらしい薬は、いくら？」アランは尋ねた。

「お値打ちでございますよ」老人は答えた。「さきほどお話ししましたしみ抜き剤ほどお高いものではございません。あちらは五千ドルきっかり。お客様のようなお若いかたには、お勧めはいたしません。お求めいただくにはまずご貯金から、ですからな」

「で、惚《ほ》れ薬のほうは？」

「そうそう、そちらは」老人はキッチンテーブルの抽斗《ひきだし》から、古ぼけたちっぽけな薬瓶を取り出した。「一ドルでございます」

「お礼の言いようもないよ」彼が薬を瓶に移す手元を、アランは見つめた。

「お客様のお役に立つのが、私の喜びでございます」老人は答えた。「お客様がたは何年もたって、お歳を召して財もなされた頃に、今度はより高価な薬をお求めにいらっしゃいます。はい、どうぞお持ちください。効果は絶大ですぞ」

「ありがとう」アランは言った。「さようなら」

「またのお越しを《オウ・ルヴォアー》」老人は言った。

（植草昌実　訳）

ミッドナイト・ブルー
Midnight Blue

ジョン・コリアといえば「夢判断」が有名ですね。

夢に悩む人を描いた異色の名作でしたが……悪夢といえば、こんな隠れた傑作があったのです。

こんなに怖ろしい話が、今日まで、単行本未収録作だったとは、悪い夢として忘れられてしまったのかもしれません。

スピアーズ氏の帰宅はかなり遅かった。で、彼は音を立てないようにドアを閉めた。そして明かりのスウィッチをひねり、しばらくドアマットの上で立ち止まった。

スピアーズ氏は裕福な会計士である。色白で、冷たい眼ときりっとした口元の細長い顔をしていた。顎《あご》の骨のうしろが魚のえらのようにピクピクと動いた。

彼は山高帽を取って、それを外から内から眺めまわし、いつものフックにかけた。それからマフラーをはずした。黒っぽくて均等な大きさの水玉模様のものだった。それを大変注意深く点検してから、別のフックにかけた。オーバーコートはもっと入念だった。そしてすばやく二階へ上がった。

バスルームでは鏡の前にずいぶん長い時間立っていた。顔をあっち向けこっち向け、頭を傾げたり喉元《のどもと》を出したりした。シャツのカラーを点検し、タイピンが曲がっていないのを確かめ、カフスも調べて、やっと裸になった。さらに脱いだ衣服を調べた。こういうところはスピアーズ夫人は見ない方がいい。もし彼女が見たら、スピアーズ氏は長い髪の毛とか白粉《おしろい》のあととかを探していると思ったことだろうから。でも、スピアーズ夫人は何時間か前にもう眠っていた。彼女の旦那《だんな》は、衣服の縫い目のひとつひとつを調べたあとで、ドレシング・ルームからブラシを持って来て、靴にまでブラシがけした。それから自分の手と爪《つめ》を見つめて、ごしごしと念入りに洗った。

バスタブの縁に腰を下ろして、肘《ひじ》を膝《ひざ》の上に置いて頬杖《ほおづえ》をつき、もの思いにふけった。時々何かをチェックするつもりなのか指が動いた。顎のうしろはやはりピクピクと動いていた。魚のえらのように。

最後に満足そうな顔で明かりを消し、クリーム色とバラ色と金で装飾された夫婦の寝室へ向かった。

翌朝、スピアーズ氏はいつもの時間に起きて、いつもの朝の挨拶《あいさつ》をしながらダイニングルームへ降りて行った。

あらゆる点で彼と正反対の女房——女房というのはそういう方がいいと言う向きもあるが——はすでに朝食の用意で忙しげだった。彼女はどんな女も朝食の席ではそうであるように、丸々とふとり、ブロンドで、せかせかしていた。いや、普通以上にそうかもしれない。こどものうち年下のふたりはすでに起きていた。年長のふたりはまだだった。

「おはよう、あなた」とスピアーズ夫人は快活な口調で言った。「ゆうべはずいぶん遅かったようね」

「一時頃だったかな」とスピアーズ氏は新聞を取り上げながら言った。

「それより遅かったはずよ」と彼女は答えた。「わたし、時計が一時を打つのは聞いたもの」

「だったら一時半頃だったかもしれない」

「ベンスキンさんに車で送ってもらったの？」

「いいや」

「あら、そう。ちがったの」

「コーヒーをくれ」と彼は言った。

「付き合いはよくってよ。男の人が仕事の仲間どうしでお酒を飲んだりするのは、それは必要なことよ。でも、あなた、休養もとらなくちゃね、ハリー。わたしもゆうべはよく休めなかったけど。そうなの、わたし、とても恐ろしい夢を見たのよ。それはね――」

「コーヒーの受皿にコーヒーをこぼされるより嫌なことは――」と彼女の夫は言った。

「なあ、これが見えてるのかね？」

「見えてるわよ、あなた」と彼女は答えた。「でも、あなた、それはご自分が――」

「父さんがコーヒーをこぼした」と年下のパトリックがはやしたてた。「父さんの手、震えてるの、こんなふうに」

スピアーズ氏は年下の息子をにらみつけた。こどもは黙った。

スピアーズ氏は言った。「私が言いかけたのは、コーヒーの受皿にコーヒーをこぼされるより嫌なことがあるとすれば、それは、朝食の席でゆうべの夢見についてベラベラとしゃべられることということだ」

「わたしの夢のこと！」とスピアーズ夫人は最大限のユーモアをこめて言った。「いいわ、あなた。聞きたくないとおっしゃるなら言わないわ。ただ、あなたに関した夢。ただそれだけよ」

「言うのか、言わないのか」とスピアーズ氏は言った。

「あなた、聞きたくないとおっしゃったわ」とスピアーズ夫人はにべもなく答えた。

「女が秘密事をあたためようとするほど不愉快で、腹立たしい愚はない」とスピアーズ氏は言った。

「あら、秘密事なんかなにもなくてよ」とスピアーズ夫人は言った。「ただあなたが何も聞きたくないって――」

「頼むよ」とスピアーズ氏は言った。「いいから早いところケリをつけてもらいたい。

きみの見た夢がどんなにつまらないものでもいいから、どうか手短に話してくれないか。電報でも打つようなつもりでね」

「レクストン・ガーデン・サバーブのラドクリフ・アヴェニュー、ノーマンディーンのT・スピアーズ氏」と彼女は言った。「つまりあなたが絞死刑になる夢を見たのよ」

「絞首刑って言うんだよ、母さん」とダフネが言った。

「おはよう、母さん」そのとき年長の娘がはいってきた。「おはよう、父さん。遅くなっちゃったわ。おはよう、おちびさんたち。どうしたの、父さん？　まるで税務所から呼ばれたような顔をしているじゃないの」

「殺人の罪でなのよ」とスピアーズ夫人は続けた。「真夜中のことなのよ。とても生々《なまなま》しかったわ、あなた。だからさっきあなたが一時半には帰ってたって言ったのを聞いて、なんだかほっとしたくらいだわ」

「一時半なんて、意味ないわ」と年長の娘が言った。

「ミルドレッド、これは架空のお話なの」と彼女の母親がたしなめた。

「父さんは遊び人よ」とミルドレッドは卵のカラを割りながら言った。「わたしとフレッドがダンスから帰って来たのは二時半だったけど、その時父さんの帽子とコートもなかったもの」

「帽子もコートもなかった」とダフネが言った。

「あのこどもがもう一度私の眼の前でことばについてとやかく言ったら――」とスピアーズ氏。

「静かにしてなさい、ダフネ」と母親が言った。「とにかくそういう夢だったのよ。あなたが殺人を犯して絞首刑になるっていう夢だったの」

「父さんが絞首刑になるですって?」ミルドレッドが嬉《うれ》しそうな声をあげた。「まあ、母さん、それで父さんは誰を殺したの?　そのぞっとする夢を詳しく話してよ」

「ほんとにぞっとしたわね」と母親は話し始めた。「驚きのあまり思わず眼が覚めたわ。なんと殺されるのはベンスキンさんなのよ」

「なんだと?」と彼女の旦那が言った。

「そうなの、あなたはベンスキンさんを殺すのよ。どうしてあなたがあなたの仕事のパートナーを殺したりするのか、そこのところはわからないんだけど」

「彼は帳簿を調べようとしたのよ」とミルドレッド。「たいていそうなのよ。そんなことをしようとするから殺されちゃうのよ。父さんとしても殺されるか、絞死刑になるかしかなかったのね」

「絞首刑」とダフネがただした。

「うるさい！」と父親は叫んだ。「こいつらと一緒にいると頭がおかしくなる」

「とにかく、あなた」と彼の女房。「あなたとベンスキンさんが夜一緒にいるのよ。ベンスキンさんがあなたを車で送ってくれて、ふたりで仕事の話をしてるってわけ。でも、不思議なことね、わたしにまったくわかるはずのない会話をしている夢を見るなんてね。もちろんナンセンスな会話なんだけど。こういうことってジョークについても同じことが言えるわね。夢の中でとってもおもしろいジョークを聞くんだけど、起きてみると――」

「さきを話してくれないかね」とスピアーズ氏は苛立《いらだ》たしそうに言った。

「いいわよ。でも、とにかくあなたたちはおしゃべりをしながら、彼の家のガレージにはいるわけ。でも、そのガレージはとても狭くて、ドアの片方しか開かないのよ。それであなたがさきに降りるんだけど、バック・シートにコートと帽子を忘れたのを取ろうとして、フロント・シートの背もたれを倒すのよ。車は実際と同じシボレー。あなたはコートを脱いで車に乗ってたのね、とても暖かい夜だったから」

「さきを話せよ」とスピアーズ氏。

「で、あなたがバック・シートからコートや帽子を取ろうとしている間、ベンスキンさんは運転台に坐《すわ》っているってわけ。彼は黒っぽいコートを着ていて、あなたのはあなたがゆうべ着ていたチェビオットだったわ。そう、あなたの恰好《かっこう》はなにもかもゆうべと一緒だった。シルクのマフラーも帽子も。それであなたはマフラーをひとつ取るんだけど――マフラーはふたつあるのよ。ふたつとも同じ水玉で、彼のはこないだの日曜日にうちへ食事に来た時にしてたやつ。ただ黒じゃなくて濃いブルー《ミッドナイト》なのね。とにかく、それであなたはマフラーをひとつ取ると、彼に話しかけながら、手にしたマフラーで輪をつくり、突然それを彼の首に巻きつけて、絞め殺したのよ」

「彼が帳簿を見せろと言ったからね」とミルドレッドが言った。

「ちょっとひどすぎる。夢にしてもひどすぎる」とスピアーズ氏。

「ほんとに。自分でもそう思うわ」と彼の女房。「わたしも気が変になりそうだったわ。でも、さらにあなたはロープを持って来て、それとスカーフをむすびつけるとガレージの梁《はり》にそれを通して、自殺に見せかけるのよ」

「なんだって！」とスピアーズ氏は叫んだ。

「とにかくとってもリアルな夢だったのよ。どうしてなのかわけがわからない。でも、次は裁判のシーンで、あなたはそのマフラーを首に巻いているの。その辺はいかにも夢らしいわね。でも、そこへ別のマフラーが証拠として提出されるのよ。ただ、日の光で見るとそれは濃《ミッドナイト》いブルーでベンスキンさんのなんだけど、人工光線だと黒く見えるのよ」

スピアーズ氏はパンくずをこぼしながら言った。「異常な話だな」

「そうよ、ばかげた話よ。でも話せと言ったのはあなたよ」

「いや、ばかげた話かどうか」と彼女の旦那は言った。「実を言うと、ゆうべは家に帰るまでずっとベンスキンと一緒だった。ちょっと深刻な話があったんだ。こまかいことを言ってもわからないだろうが、ちょっと帳簿の上で妙なことに気づいてね。それを彼に知らせてふたりで長いこと話し合ったんだ。そう、だから私が思っていたよりも家に着いたのは遅かったかもしれんな。いずれにしても彼と別れた時、いやな予感がしたんだよ。彼は自分で自分の始末をつけやしないか、とふと思ったんだよ。で、もう一度戻ってみようかと思ったくらいだ。なにか、その、責任のようなものを感じてね。かなりきびしいことを彼に言ってしまったような気がしたんだよ」

「あなた、まさか、ベンスキンさんが不正を働いているというんじゃないでしょうね?」とスピアーズ夫人が言った。「それともあの人とはこれでおしまいになったの?」

「いや、そういうわけじゃない」と彼女の旦那は答えた。「しかし、かなりの額の金がなくなっているのは事実なんだよ」

「犯人は彼だと思うの？　彼は、その、とても正直そうに見えるけど」

「彼か私か、そのどちらかしかない。そして私はやっていない」

「でも、あなた、彼が首を吊《つ》ったなんて――そんなことはないわよねえ」

「そんなことがあってたまるか！」とスピアーズ氏は叫んだ。「しかし、私の感じた予感を考えると――まあ、もしかしたらおまえの夢もそういった予感めいたものの産物なのかもしれない」

「兄弟が航海に出ている時、ローズ・ウォーターハウスが水の夢を見るというのは本当なのね」とスピアーズ夫人は言った。「もっともだからといって兄弟が水死してるとはかぎらないわね」

「そういうことはいくらもあるよ。夢と現実が同じなんてことは普通ありえない」

「そう願いたいわ！」

「だいたいゆうべはふたりともずっとコートを着て、マフラーをしていた。打ちとけた雰囲気とはかけ離れていたからね」

「そうでしょうとも」とスピアーズ夫人は相槌《あいづち》を打った。「ベンスキンさんが不正を働くなんて、誰がそんなことを思うもんですか」

「彼の奥さんはまず思わないだろうね。いずれにしても奥さんにこんな話を聞かせるわけにいかない。ミルドレッド、それにおまえたち、どんなことが起こっているにせよ、何も起こらなかったにせよ、今朝のことは誰にもひとこともしゃべるんじゃないよ。わかったかね？　誰にもしゃべっちゃいかんぞ！　おまえたちは何も知らない。つまらないひとことで家名を汚した家はいくらもあるんだから」

「その通りね、あなた。こどものことはわたしが注意してるわ」とスピアーズ夫人が言った。

「おはよう、母さん」とフレッドが勢いよくとび込んできた。「おはよう、父さん。朝飯を食べてる時間はないな。ついてたら間一髪で電車に間に合いそうなんだ。ところで、これ、誰のマフラー？　父さんのじゃないよね？　これはミッドナイト・ブルーだもの。持って行っていいかな？——ねえ、どうしたんだい？　ねえったら、みんな、どうしたっていうんだい？」

「こっちへおいで、フレッド」とスピアーズ夫人が言った。「ここへ来て、ドアを閉めて。電車のことはもう心配しなくていいから」

（田口俊樹　訳）

黒い犬

A Dog's a Dog

バスカヴィル家の犬や、黒犬伝説のせいでしょうか。犬をめぐる怪奇譚は、どこか英国的なミステリーの香りがします。本作もまた然り。なにしろ、舞台も英国です。ジョン・コリア同様、英国生まれのヒッチコックが好みそうな味の名品です。

実は、１９６０年ＥＱＭＭに「犬のお悔やみ」として載った作品を収録する予定でしたが、原本が消息不明。題名と細部のみ異なる異稿と思われるテクストが存在し、今回、採用できたという次第。

ギルバート・ブルタニー将軍の葬儀の日、夕食の一、二時間あと。広い居間は薄暗く、暖炉の火は少しばかり燻《いぶ》っていた。未亡人のダイアナと一緒にいるのは、ハリー・デスペンサーという弁護士で、この男は親類縁者が持ち込む法律上の問題を片付けて稼いだ金を、週に三日の狐狩《きつねが》りに注ぎ込んでいる。もっとも、今日ここに来ているのは、狐狩りでなく仕事のほうでだが。

「ねえ、ダイアナ。ハーディングには来てもらわなくてもよかったんじゃないか？」

「どうして？　ハーディング先生はこのあたりでは一番のお医者様よ。わたし、ブレイザーから来たばかりの頃に脚を傷めて、先生に診ていただいたわ」

「そんなことは知ってるさ。でも、呼ぶなら他の医者でよかった」

「それは、なぜ？」

「酔いどれじゃないか。いつだって、朝の十時にはもう、ヴァイオリン弾きの飼い犬みたいに呑《の》んだくれているのを、このあたりで知らないやつはいない」

「主治医はお酒を飲まない人に代えなさいって？　本気で言ってるの？」

「ぼくが言いたいことくらい、わかるだろう」

「わかってるわ。焦ってるの？」

「焦っちゃいないさ」

「じゃあ、何を気にするというの？」

「まわりの目だけだね」

「ずっと気にしつづけてきたじゃないの。もうたくさん。それも、これでもうおしまいよ。ねえ、敗血症性肺炎がどんな病気かなんて、誰だって知ってるわ。ペニシリンが効かなかったのは、先生のせいじゃないでしょう」

「ハーディングがペニシリンを？　使い方を知っていたのかな」

「先生はたしかにお酒を飲んでばかりいるけれど、あなたが言うほど役立たずじゃないわ。わたし、この手で注射器にお薬を入れたのよ。先生が、手が震えるとおっしゃるから、お手伝いしたの。四度もよ」

「しかし、ギルバートの容態は良くはならなかった」

「そうよ、ハリー。あれじゃお薬も水道の水も、変わりなかったみたい」

「助かるチャンスはわずかだった。でも、きみも軟膏《なんこう》に落ちた蝿《はえ》みたいに、手をこまねいて彼の死を待ってはいなかった、というわけだね」

部屋に入る前には必ずノックをするように、と、ブルタニー夫人は日頃から使用人たちに申し付けていた。今、ノックしたのは、家政婦だった。

「おじゃまいたします。奥様、ご用は？」

「ないわ。もうおやすみなさい。お疲れさま」

「あのう、奥様、迷子の犬が裏口に来ていまして」

「犬って？」

「見るからに寒そうにして、おなかを空《す》かせているようだったので、残り物を少しやりました。一晩くらい厩舎《きゅうしゃ》に入れてやってもいいだろう、とブリッグズは申しております。こんな夜に追い出すのもかわいそうで」

「とんでもないどしゃ降りだからな」

「おっしゃるとおりです、デスペンサー様。雁《かり》が騒ぐような雨、と昔から申します。ブリッグズときたら――あの人はいつもこんな調子ですが――この風といい霙《みぞれ》の音といい、悪魔のやつが九尾の猫鞭《ねこむち》でお屋敷を打っているようだ、ですって」

「パーフィット、どんな犬か訊《き》いてるのよ。種類くらいは見当がつかないの？」

「ええ、そうですね、奥様……」パーフィット夫人は上品でしっかりした人だが、体格や容姿や傲慢《ごうまん》さでは、女主人に勝《まさ》るべくもなかった。「種類はよくわかりませんが、中くらいの大きさで、毛色は黒、毛づやの良い犬です。見たところ、ラブラドールが交じっているようでした」

「いいわ。犬ってことはわかったから。どんな犬でも、こんな夜にほうっておくわけにはいかないわね。でも、雑種犬が入り込んできたからって、うちのワンちゃんたちが大騒ぎするのも嫌だわ。今夜だけ入れてやって、朝一番に追い出してちょうだい。必ずよ。いいわね」

「かしこまりました。ありがとうございます。それでは、奥様、おやすみなさいませ。デスペンサー様も」

「おやすみなさい、パーフィットさん。ねえ、ダイアナ、その犬は葬式のときに見かけたやつかもしれないな」

「だったら、なんなの？」

「ここまでついてきたんだろう」

「同じ犬なら、そうかもね。でも、それがどうかしたの？」

「ただそう思っただけさ。こんな夜に眠る場所にありつけるとは、幸せな犬だな。ほら、すごい風の音だ！　でも、馬たちは厩舎で居心地よくしていることだろう。ギルバートに知らせてやりたいな。彼はこの屋敷をほうっておいても、厩舎だけはノーフォーク随一のものに仕立て上げたのだから。きみも、彼に文句ひとつ言わずにいられたものだ」

「あなたがここを気に入ってくれて、嬉《うれ》しいわ、ハリー。ねえ、二階でもう少しウイスキーはいかが？　それとも、もうおやすみになりたい？」

二人は二階に上がった。デスペンサーの部屋は階段を上がって左手、夫人の寝室は階段の正面にある。二人は夫人の寝室に入った。ドアを閉めるが早いか、狂おしい抱擁が始まった。虎《とら》の交尾のほうがまだおとなしそうなこの愛交には、これが初めてではない、もの慣れたところがあった。ダイアナ・ブルタニーにとってはごく自然で、至上の満足をもたらすものだが、ハリー・デスペンサーには、道から外れているだけに陶然とさせるものだということも、確かなようだった。

「もう部屋に戻らないとな」

「このままいて、ハリー」

「いや、戻っておいたほうがいい」

「ねえ、もう少しだけ。あと半年は待つって、本気なの？」

「きみだって、わかっているだろう。その間は町に出ていってもいい。ひと月ばかり海外旅行をしたっていいんだぜ」

「ここにはもういたくないのよ」

「おいおい、それは葬式の疲れや、このひどい風やら何やらのせいだろう。ここが気に入ってるんじゃなかったのかい」

「ぜんぜんよ！　とっとと売り払って、荷物をまとめて、明日にでもイタリアかどこかに行きたいくらいだわ」

「きみは狐狩りをしないからな。それはそうと、こんないい屋敷、いまどきちょっとないぜ。それが俺たちのものになったんだ。ここにいたほうが得策さ。世間から後ろ指をさされないように、充分待ってから結婚すればいい。不動産案件を二つ三つ片付ければ、狐狩りに使う小銭くらいは稼げるしな」

「もう、知らない！　この道楽弁護士」

「そう呼ばれるほど遊んじゃいないさ。気を悪くしないでくれよ。男ってのは、自分で稼いでいたいものなんだ」

「わかったわ。じゃ、キスして。ああ、ハリー、あなたったら、誰かさんよりもずっと素敵だわ。おやすみなさい」

翌朝は晴れ、風も止んだが、寒さはひとしおで、ノリッジの海岸部に北東の風が吹いたあとは、きまってこのような天気になる。葬儀がすんだらもう狩りに出る、などとは論外だが、散策に猟銃くらい持っていってもおかしくはないだろう、とデスペンサーは考えた。ブルタニー夫人も連れて出た。森のはずれのトネリコの大樹の下で、二人は昼食をとった。

「あの犬、ずっとついて来るわ。追い出すように言っておいたのに。あなたも聞いていたでしょう。言われたことをしない使用人なら、やめてもらわないと。ハリー、食べ物を投げたりしないでね。あのみすぼらしい犬、見ただけでぞっとするわ」

「どうかしたのかい？　ただの犬じゃないか」

「昨晩《ゆうべ》、あれが吠《ほ》えていたの、聞いたでしょう」

「いや、何も聞こえなかったな。きみにも聞こえたはずはない。あの風だ、狼《おおかみ》の群が吼《ほ》えてたってわかりゃしない。風が煙突を鳴らす音とまちがえただけだろう」

「風の音ごしに聞こえたのよ」

「ありえないね」

「だって、そのたびに目が覚めてしまったのよ。眠れなくて、もうぐったりだわ。ねえ、あいつ、こっちを見てるみたい。気味の悪い目つきね」

「犬の目に誰かを思い出したのか？」

「そうよ！　あの人と同じ目よ。初めて見たときから気づいていたわ。なんて嫌な目つきなの」

「黒目がちの丸い目というのは珍しくもないし、だいいち犬の目なんてそんなものだろう。何も気にすることはないさ」

「そうでしょうけれど、まだつきまとってくるようなら、わたし、その銃であいつを撃ってやる」

「落ち着くんだ、ダイアナ！　撃てもしないくせに。ただの犬じゃないか」

「でも、嫌なのよ。石でも投げて、追い払ってよ！」

「わかったよ。こら、ワン公！　あっちへ行け！　来るんじゃない！　ほら、行ってしまった。もう来ないさ」

ところが、その日の午後おそく、あの犬はまた、屋敷のまわりにおどおどと姿を見せた。夕食後、ブルタニー夫人は家政婦に尋ねた。

「パーフィット、結局あの犬は追い払ってくれたの？」

「ええ、奥様、箒《ほうき》をかざして三度追い払いました」

「犬は戻ってはこなかったかって、訊いてるのよ」

「そのあとは見ておりません。三度目はとくにきびしくしてやりましたので」

「じゃあ、明日また来るようなら、ブリッグズに言って、あれをオースティンに乗せてノリッジまで運ぶように言ってちょうだい。あそこなら、迷い犬を引き取ってくれる施設があるわ。わかったわね」

「捕まえられれば、ですね。箒で追われてからは、ずいぶん用心深くなっているようですから。犬もそうなりますわね」

「もういいわ、下がりなさい。コーヒーは自分でいれるわ」

「かしこまりました。おやすみなさいませ、奥様」

「ハリー、ブランデーはいかが？」

「ありがとう。もらおうか。おいおい！　どうしたんだ、ダイアナ。こんなに注ぐなんて」

「いいじゃないの。気晴らしよ」

「気晴らしがいるとは思わないんだがな、俺は」

「でも、なんだか沈んでるわ」

「そうかい。ごめんよ。考え事をしていただけさ」

「なあに、考え事って」

「世間体もなにもおかまいなしに、すべて放り出してしまえるなら、何も考えなくていい。俺たちは、しかるべき日数《ひかず》をおいて、正式に結婚するだけだ。あとはここに住み、地元のつきあいをし、悪い噂《うわさ》が立てられないようにしていけばいい。使用人の立てる噂がどんなものか、知っているだろう。そんなものを避けておきたいだけさ。きみはあの犬のことになると、わけもなく興奮している。おまけに、それを表に出しすぎている」

「だって、あんなみすぼらしい雑種犬がうろうろしていると、うちのドッグショーの女王が二頭とも大騒ぎするし、わたしだって落ち着けないのよ」

「ダイアナ、きみはここ何日かで、とても疲れているんだ。俺にもわかる。使用人は気づかないかもしれないが、見ているし、話もする。あの犬がギルバートに似ていることには、連中も気づいているんだ。口に出すほどにね」

「どうして、そんなことを?」

「着替えているときに、中庭で話しているのを聞いたんだ」

「あなたの部屋は中庭とは離れてるわ」

「実は、トイレに入っているときだったんだがね。ブリッグズが息子と中庭にいた。ちょうどあの犬を追い払ったところのようだった。あいつがこう言うのが聞こえたよ。『ああ、将軍、お気の毒ですが、これでお別れですな!』ってね」

「失礼だわ!」

「失礼だよな。あの犬を見て、きみも俺も思ったことを、他の連中は思わない、とは言いきれないだろう？　昼食のあいだに姿を現して、俺たちを見て首をかしげていたとき、俺にもあいつがギルバートそっくりに見えた。ここいらの連中は、新聞といえば日曜版のゴシップ欄《らん》くらいしか読まないし、きみとギルバートの結婚は、世間のとはちょっと違っていたし……おい、聞いてるか？」

「聞いてるわよ」

「それで、葬式の当日に犬が来て、そいつを見てきみが怖がった、と。やつらがどれだけばかばかしいことを広めるか、目に見えてるじゃないか。それでも、広まってしまえばそれまでだ。人の口に戸は立てられない」

「わかったわ。あなたの言うとおりね。使用人の前でも細々《こまごま》したことに気をつけなくちゃならないなんて、落ち着けないわ。今日はまだ話してなかったわよね。ゆうべもあの犬のせいで夢見が悪くて、早々に目が覚めてしまったし、まだひどい気分なの」

「悪夢というものは、覚めてからもしばらくは気分の悪いものさ。俺も二、三か月前、まるっきり同じ悪夢を、六度かそこらは繰り返し見たよ。ぴかぴかの新車の中でも指折りのやつに乗ってるんだ。見た目は最高。クリーム色のオープンカーで、時速百マイルは出せる……」

「わたしの話を聞いてよ、ハリー」

「おっと、ごめんよ。悪かった。話の腰を折る気はなかったんだ」

「ゆうべ、あなたがお部屋に戻ってから、あの犬が遠吠えしているのが聞こえて、そのあと見た夢よ。あいつを殺そうとして追いかけているうちに、教会まで来てしまったの。あいつは墓石の上に座っていて、わたしが近寄ると、あの丸い、黒い目でこっちをじっと見て……やっぱりあの犬はギルバートなのよ！　ねえ、ハリー、わたしもう……」

「落ち着くんだ。そんな夢なら説明は簡単だ。罪の意識というやつだよ。いいかい、聞いてくれよ。俺だってフロイト心理学の本は何冊か読んでいる。ろくなものはないが、たまには参考になるものさ。たとえば、あんなやつ死んでしまえばいい、と思った相手が急に死んでしまったら、思っていた当の本人――子供の例が多いようだが、誰にも言えることだろう――は、自分が殺してしまったような呵責《かしゃく》を覚えるものさ。無意識のことだから、自分でも理由づけができない。だから神経がまいってしまう。そこで精神科医のお世話になって、何が自分を苦しめているかをつきとめてもらって、ようやく落ち着くというわけさ」

「そういうのとは違うわ」

「いや、同じようなものさ。ギルバートが死ねばいい、と、きみは思った。俺も思った。互いにそんな話もした。よくあることだ。俺に財産があれば離婚してもらうこともできたが、二進《にっち》も三進《さっち》もいかなかったよな。今、俺たちは同じ思いでいる。たまらなく嬉しいんだが、少しばかり後ろめたくもある。ことに、きみのほうが気にしているんじゃないか」

「だから犬なんかに怯《おび》えてるって言いたいの?」

「愚にもつかない偶然を気に病むあまりに、きみは自分を苦しめてるって言いたいのさ。今いちばん必要なのは、ぐっすり眠ることだ。薬は持ってるかい?」

「睡眠薬のこと? まだあるわ。脚を傷めたとき、ハーディング先生に処方してもらったのが。あのときは使わなかったの。気が進まなかったから」

「なら、今晩が使いどきだろう。しっかり八時間は眠るといい。悪夢も、夢もなしに朝を迎えたら、こんなことくだらない、と笑い飛ばせるようになっているだろう」

「わかったわ、ハリー。わたしが寝つくまで、そばにいてくれるかしら」

「もちろんだとも」

デスペンサーも、この夜にかぎっては、睡眠薬を使ったほうがよかった。ダイアナに話そうとした悪夢を、また見ることになったのだから。彼はやはり、ぴかぴかのクリーム色で馬力も最高のオープンカーに乗り、時速百マイルのスピードに身をまかせている。彼は今回もまた、自分の足がアクセルを踏んでいないのに気づく。車はひとりでに走り、さらに加速し、ブレーキはなく、さらに加速し、吼えるような風が耳を聾《ろう》し、飛び降りたくても座席に捉えられたように身動きできない。フォームラバーの座席は生き物さながら、握りこむように彼の腰を押さえつけて放そうとしない。突然、衝撃音が響くとともに車は急停止し、彼は飛び起きた。

夢に衝撃音とは、初めてだ。いや、あの音は夢などではない。外から聞こえたにちがいない。何の音か考えるより早く、彼は起き上がり、窓に駆け寄った。パジャマは冷たい汗に濡《ぬ》れていた。

外はひっそりと静まり返り、月はこれまでに見たことがないほどに明るく輝いていた。庭は手入れされないままの樅《もみ》の木立に暗く囲まれ、針葉樹の暗いピラミッドを擁して、門と屋敷とを車寄せでつないでいる。朝には霜《しも》が降りると告げるように、地面がほの明るく光っていた。たしかに美しいが、なにやら不穏だ。動く影があり、月明かりに二銃身の猟銃が見えた。樅の木の下に放射状に延びる小道の、影から影へと誰かが身を隠した。

「もし、鳥か何かを追っているとしても、屋敷の窓のすぐ下で発砲したなら、神経の太い奴と言うほかないな。ここはブリッグズを起こしたほうがよさそうだ」

ドレッシング・ガウンをはおってスリッパを履くと、デスペンサーは部屋を出た。廊下から階段に目をやると、おぼろな月のものではない光が射しているのが見えた。近づいてすぐにわかった。ブルタニー夫人の寝室が、昼より明るく灯されたまま、ドアを開けはなっていたのだ。彼はのぞきこんで、彼女がベッドにいないのを見てとった。跳ね除けられたシーツのひだは、大理石を刻んだかのようだ。彼はイタリアかどこかで見た墓石を思い出した。

ブリッグズを起こすのはやめた。玄関に下り、扉は閉じているが錠はかかっていないのに気づいた。開けようとすると、夢に見た自動車のように、扉はひとりでに開いた。目と鼻の先に、ダイアナ・ブルタニーが立っていた。月光のもと、その顔からは今にも死んでしまいそうなほどに血の気が失せて、別人のようにさえ見えた。パジャマの上に毛皮のコートをはおり、手には猟銃を持っている。彼女は静かに言ったが、その言葉は叫んだかのように、彼の耳に響いた。

「撃ち損じたわ！」

「早く入れ。大声は出さないでくれよ。銃なんか持っていないで。さあ、部屋に戻ろう」

「たった三十フィートなのに！　昼よりよく見えていたのに！　撃ち損じた！　外したことなんてないのに！」

「自分が何をしたかわかってるのか？　ダイアナ、気は確かか？　人を撃ったら殺人罪になるぞ」

ダイアナ・ブルタニーは笑いだした。見た目と同じ、正気を失った笑いだった。月のせいだ！　デスペンサーは、ふだんは縁遠いはずの空想じみたことを思った。その一方で「彼女の体重は俺と同じくらいはある。抱き上げて運ぶわけにはいかないな」とも考えた。

彼がコートに手をかけると、意外にも、そしてありがたいことに、ブルタニー夫人は引かれるままについてきたが、自分の意思は失ってしまったようだった。何に対しても無関心で、なされるままにされていた。その大柄で美しい肢体には、何か大きな衝撃を受けたせいか、気力というものがほとんど残っていないようだった。月に憑《つ》かれて正気をなくしたかのように、笑みを顔に張りつけ、コートに手をかけたデスペンサーに引かれて、足元もおぼつかないまま歩を進めるさまは、曳航《えいこう》される廃船のようだった。笑い声は階段を上るあいだも途切れなかったが、デスペンサーにとっては幸運なことに、ダイアナは息が切れて大きな声が出せなくなっていた。寝室に着いたときには、その笑い声も止んでいた。

ダイアナをベッドに寝かせると、デスペンサーはドアを閉めた。振り向くと、彼女は首を垂れ、目を閉じていた。彼は睡眠薬のことを思い出した。

「薬のせいだろう。飲みすぎたんだな。銃を撃ったのか」

「外してしまったわ。なぜかしら」

「もう眠りなさい」

「二発当たったとしても、死なないでしょうね」

「冷えきってるよ。どうかしてる。もうおやすみ。毛布をかけてあげよう」

「死なないし、追い払ってもすぐ戻ってくる」

「安心するんだ。俺がついてる。もう眠りなさい」

「眠りかけたの。でも、眠れなかった。起きて窓の外を見たら、彼が外にいて、吠えたの」

「犬か？　犬のことを言ってるんだな。あいつを撃とうとしたのか？」

「無駄なことをしちゃったわ。もう死んでるのに。あの人がなぜ死んだか、教えてあげましょうか」

「ギルバートのことか？　彼に何かしたのか？　おい、起きろ！　話してくれ！」

「わたしが注射器に入れたのは、水道の水だったのよ、ハリー」

彼女はまた笑いだしそうに、口元を動かしたが、そのまま眠り込んでしまい、遅い冬の朝日が顔に射すまで目覚めなかった。目覚めると、彼女はベルを鳴らした。

「おはようございます、奥様」

「おはよう、パーフィット。今、何時かしら」

「十時半になったところです。奥様にはおやすみになっていただくよう、デスペンサー様からうかがっておりましたので。お手紙をおあずかりしております」

「手紙を？　何かしら。ハリーは出かけたの？」

「町にお帰りになりました。急なご用だそうで、奥様にこれを」


ダイアナ、ゆうべのことは忘れます。しかし、一緒には生きていけないと知りました。命あるうちにここを去ります。

悔いを込めて
ハリー

「あの犬も、もう帰りました。奥様のお気持ちも晴れますよ。チャーチ農園から、男の子が来たんです。新しく越してこられたご家族のお子さんのようでした。ずいぶん小さな子で、ここまで来るのにもびくびくしていましたわ。なんでも、わたしたちがその子の大事な犬をさらった、と思い込んでいたらしくて。郵便配達の人から、この屋敷で見かけた、と聞いてきて、来るやいなや、ぶるぶる震えながら『ぼくのブラッキーを返して』ですって。で、ブラッキーを連れて、上機嫌で帰っていきましたわ」

「パーフィット、わたし、今日は気分がよくないの」

「まあ、それは大変。お医者様を呼んでまいりましょうか」

「ハーディング先生？　結構よ。化粧机か、そこになければバスルームに、赤い錠剤の入った小瓶があるはずよ。それを持ってきて。それから、お願いね、わたしがベルを鳴らすまで、部屋には来ないようにね」

「ご昼食はよろしいのですか？」

「夕食もね。とにかく眠りたいの。できるだけ長く。明日の朝、今時分に来てちょうだい。早すぎては駄目よ。いいかしら」

「もちろんですとも、奥様。お具合が早く良くなりますように」


（植草昌実　訳）

不信
Insincerity

本邦初公開。われらが植草昌実による初翻訳作品です。

犯罪劇でありながら、スラップスティックであり、しかも、グロテスクで、ブラックな結末が待っている掘り出し物。

ヒッチコックだったなら、どのように撮るだろうかと、想像するのが愉しい作品です。特にラストの、あのショッキングなシーンには、いかなるキャメラ・ワークで迫るのか……。

　ウィルブラム夫人にとって、夫がまるで楽しくない人物であることは、まちがいない。休暇を別荘で過ごそうという彼女の提案を、費用を口実に蹴《け》ってしまったこともあったし、何年か前のこととはいえ、トーキーで演奏会があるのを氏が伝え忘れたばかりに、彼女が行きそびれてしまった、ということもあった。この調子では、しっぺ返しは不可避だろう。夫人の又従弟《またいとこ》が商用でオクスターに来たので、血は水よりも濃し、との彼女の主張を受けて、ウィルブラム氏は二、三か月の間、客用の部屋を彼に使わせることにした。

「私の姉が来たときは、そんなこと言いもしなかったじゃないか」ウィルブラム氏は楽しげに、意地悪く付け加えた。夫人は、義姉が常識のない人で、滞在させたら自分たちが笑いものになる、と妥当な指摘をしたが、新婚当初に訪ねてきたさいに彼女がトイレに何を置き忘れていったかだの、神経質そうにつんと黙りこくられた日には、なれなれしくされたほうがまだましに思っただのということまでは、言わないでおいた。

それ以上、二人は話し合うこともなく、又従弟は荷物を手にやってきた。くせのあるきれいな髪をした、口笛をよく吹いている青年で、夫人より五歳年下ということは、ウィルブラム氏より二十歳も若いことになる。つまり、彼は二十九歳だった。

残念なことに、この青年は、ウィルブラム氏には歓迎すべき客とは言いがたかった。四六時中ワインをあおり、のべつまくなし、聞いている相手のことなどかまわず、大声でしゃべり続ける。オクスターにはどんな商用で来たのか知らないが、出かける様子もない。ウィルブラム氏が町に出て、ワインの荷卸《におろ》しの監督をしているあいだも、彼は屋敷のなかをぶらつき、灰皿を満たしてはグラスを空け、日常を掻《か》き乱し、仕事に疲れて帰宅した主人をげんなりさせた。ウィルブラム氏は何度となく文句を言ったが、夫人にとっては、この青年は望みにかなった客人だった。

正直な話、彼は夫人の又従弟でも何でもなく、復活祭の祝日に港で出会ったばかりの間柄だった。ただ夫の仕打ちに仕返しをするためだけに、彼女はこの青年をオクスターに招いたのだった。

事実が明らかになったのは、かの二人が「老いぼれ山羊《やぎ》」と陰で呼んでいたウィルブラム氏が、午後早くに仕事を切り上げ、合鍵《あいかぎ》で静かに玄関を開け、客間のドアに忍び足で近づき、聞き耳を立てるという不品行に出たときだった。女の甘ったるい声がするが、あやす子犬も子猫もいないし、メイドはこの時間は出かけているので、ウィルブラム氏はその声が妻のもので、相手はあの又従弟と結論づけざるをえず、勢いよくドアを開いたが、そこで目にしたのは案の定、彼が想像したうちでも最悪の事態を証明する光景だった。

二人は実に真剣な話し合いをしていたらしく、青年の顔は紅潮し、目はダイヤモンドさながらに輝いていた。一方、ウィルブラム夫人はというと、蒼《あお》ざめることはなく、夫の蛮行に落ち着いた目を向けていた。男たるものの礼儀もなしに侵入してきた邪魔者は、闘う心構えもできていない若者を卑怯《ひきょう》にも背後から殴りつけ、丸テーブルを巡って追いまわすという慣れぬ運動に息を切らした。ウィルブラム氏が息苦しさに歩をゆるめたとき、青年は足を早めて彼に追いつくや、何度かぶんの打擲《ちょうちゃく》の反撃を一打に込めた。まさに不運の一撃、ウィルブラム氏は前のめりにくずおれ、夫人は怯《おび》えて立ちすくみ、二人して氏の蘇生《そせい》を試みようとしたが、それは徒労に終わった。

この人道的な試みの最中にも、もし殺人罪で絞首刑にされたら、という恐怖に、二人はとらわれていた。動揺しながらも話し合い、ウィルブラム氏の手跡をまねて、急用で海外に出張することになった、できるだけ早く現地に来るように、というような意味の手紙を妻宛《あ》てに書く、という青年の提案に落ち着いた。それで危機は避けられるが、死体をどう処理するか、という問題は残る。白昼堂々、庭に穴を掘って埋めるわけにはいかないし、夜にしても作業の音で近所の注意を惹《ひ》いてしまう。さらに、この家には地下室がないから、手の打ちようがない。

　結局、青年は問題を先送りにすることにしたが、面倒を避けるには他に手がなかったからで、ひとまずはこの厄介者を車輪つきのトランクに詰め、旅先に持っていくことにしたのである。故ウィルブラム氏に背格好が似ている、と彼女に指摘され、青年は白いものの交じった付け髭《ひげ》を急いであつらえ、故人のパスポートで旅立つこととなった。フランスに着いたらまず彼は、ホテルの他の客たちに、森に散歩に行くと妻に言うところを見せておき、死体を森に隠してから変装を解いてイギリスに帰り、あとは素顔で堂々と会えるようになるまで時期を待つ、という計画だ。当然ホテルには帰らないウィルブラム氏が、見つかって物盗りの手にかかったと思われるころには、死後どのくらい時間がたったかなど、わからなくなっているだろう。

　不幸なる未亡人はこの巧妙な計画に感きわまって拍手し、運搬係たる青年に心からの笑みでこたえた。二人は故ウィルブラム氏をトランクに収め、手紙をでっちあげ、料理人を呼び出して夫婦別々に出発するもっともらしい理由を伝えた。青年はロンドンまで行くと灰色の付け髭をこしらえ、夫人は先にニューヘイヴンで船に乗り、翌日の夜にディエップの港で合流することにした。

旅の途中で、二人がそれぞれ抱き続けた怖れや、遠ざかるイギリスの海岸や、不安を呼ぶ大波については、作者がわざわざ書くほどのことではない。老練な船乗りならざるウィルブラム氏が、トランクに押し込まれ手荒に扱われ、窮屈な闇《やみ》の中にいることも同様だろう。そう、彼は死んでなどおらず、一撃を受け意識を失いはしたが、息を吹き返したあとも目をかたく閉じ、妻とその愛人が立てる計画に耳をすまし、二人が手にしようとしている夢や希望をそっくり取り上げる邪悪な考えを組み立てていたのだ。

ついに三人は、ウィルブラム氏が関心を寄せていた葡萄園《ぶどうえん》にほど近い村のホテルに到着した。トランクが運び込まれたのは、夫人と青年が軽い食事のあと眠りにつく寝室だった。氏の計画は悪意を深めていった。彼が余儀なくされている窮屈きわまりない状況が、それに拍車をかけたことは、間違いないだろう。翌朝早く、ほかに誰も起きだしてこないうちに、若い愛人は氏の入ったトランクを外に出すと、夫人に何度もキスをして、早く戻ると約束した。彼は行きずりの犯行にふさわしい場所を探しに、トランクを引きずりながら森に踏み込んでいった。

息を切らせ、何度も休みながら、ようやく人の来なさそうな小さな谷間に着くと、彼はトランクを開け、現場を装うのに都合がよい場所かどうか見分した。そのあいだにウィルブラム氏は立ち上がり、手頃な太さの枝を拾うと、もう小細工をさせないでおくのに充分な力で、自分の偽者の頭蓋骨《ずがいこつ》に叩《たた》きつけた。うまくいったので、自分のことを愛人と信じきっている妻のもとに戻った。

夫人はあれこれ尋ねてきたが、彼はとても疲れたという答えひとつで済ませ、ひどく眠いと言って彼女には一人で階下の食事に行かせ、自分は短く深い眠りについた。

彼は目覚めると、ホテルの支配人をつかまえて、森を散策してくるがすぐに戻ると妻に伝えるように言った。伝言を受け取ったウィルブラム夫人は、計画にわずかな変更があったと思うだろう。計画をより確実に進めるために「わたしの大事な人」が何かひらめいた、と信じるにちがいない。ウィルブラム氏は森を通り抜け、死体を処分したあとに妻と愛人がパリ経由でイギリスに帰るさいの待ち合わせ場所にした、隣町の落ち着いた宿で昼食をとった。そこで彼は、妻の不運な愛人の名がシムキンズであったことも知った。

彼自身と思われる男が森で強盗に殺された、という新聞の記事を、何紙か読みくらべながら、ウィルブラム氏は口をすぼめて笑い、その時が来るのを待った。とうとう、この宿の可愛らしいメイドがドアをノックし、ご婦人がいらっしゃいました、と告げた。現れたのは彼の妻で、立ったまましばらく彼の口髭を見つめていたが、笑顔で文句を言った。

「やんちゃさん、びっくりさせてくれるわね！　あの老いぼれ山羊が生き返ってきたんじゃないかと思ったわ」

驚いたときは涼しい風にあたるよう、彼は大きく開いた窓のそばに彼女を座らせ、にやりと笑うと、口髭を痛くないように優しく取ってくれるよう頼んだ。彼女は一度、二度と試したがうまくいくはずもなく、まじまじと彼の顔を見つめた。その顔色がさっと変わり、彼女は悲鳴をあげて高い窓から飛び出した。警察が来たが、ウィルブラム氏は落ち着いたままで、本当のことは話さずに済ませた。

「疑う余地もなく、これは自殺でしょう」と彼は言うと、無情にもさっさと帰国し、自宅で雇っていたメイドと結婚した。氏の身辺にこのような女がいて、彼女がどれほど可愛いかは、お定まりのことなので作者が書かないでいただけである。


（植草昌実　訳）

よからぬ閃《ひらめ》き
Think No Evil

これは、ひとりのキューピッドの物語です。

もちろん、ご本人は自分の正体に気がついていませんが。大きな弓矢を持っていますが、これで愛を与えようとは考えてもいません。人を殺そうというのです。いや、正確には「弓矢」でもありません。電気仕掛けの怖ろしい発明……。そう、彼は、科学技術者なのです。

本邦初翻訳。読み応えのあるクライム・ストーリィです。眠れなくなるほどに。

沈む夕日を背に、スワン・コーヴのわが家へと車を走らせながら、ラグビー・ウォーレンはいらだっていた。目障りな看板が、ドーセット・コーストの景観をだいなしにしているからだ。石鹸《せっけん》だのカスタード・パウダーだのを宣伝する中に、新型チューブレスタイヤとか、多用途プラスティック素材とかの看板もある。ラグビーはタイヤにもプラスティックにも関わったことがあるが、結局はどちらも商業的には成功しなかった。「要するに」と、彼はひとりごちた。「二十何年も研究者として働いてきたのに、手にしたのはわずかばかりの臨時収入だけか」

ラグビーは自分を科学者とは思わない。「開発者さ」と言う。「どこにでもいる、ただの機械工だよ」もっとも、自分が言うほど彼は凡人ではない。ケンブリッジ在学中には、目覚しい発明を二件ものにしているのだ。船舶エンジンの改良型冷却システムと、強化防錆《ぼうせい》塗料だ。第二次大戦が終わると、彼はさらなる開発計画に参加したが、それらはいずれも、世間の注目を集めるには二十年ばかり早すぎた。なるほど、発明を通して彼が得たのは、わずかな臨時収入くらいなものだろう。それでも今乗っているのは、三か月前に買ったばかりのベントレー・コンヴァーティブルだ。これも臨時収入で買った、と言えればよかったのだが。

同じ頃、ジュリアス・クレッグホーンもまた、スワン・コーヴに向かっていた。こちらはロンドンから内陸の道をたどっている。彼は建築設計事務所を経営していたが、共同経営者は金曜の午後に彼が仕事を早上がりしても咎《とが》めだてはしない。おかげでジュリアスは、ウォーレン家での夕食に間に合い、新たな友人であるこの夫婦とともに、夏の船出に向けてヨットを削ったり磨いたりするのに、土曜と日曜を充てられる。ジュリアスは好男子と言うには少々厳《いか》つい風貌《ふうぼう》だ。首も腕も太く、屋外の作業で春の日差しに焼けているうえ、濃い体毛は亜麻《あま》色だ。その柔毛《にこげ》は見る人に、なぜか桃の表皮を思い出させた。彼が顔を赤らめると、なおさらに。食べもののような好印象を持つ青年、といったところか。

裏道のなだらかな坂を越え、スワン・コーヴの崖《がけ》に向かって下りはじめたとき、彼は歓声をあげかけた。夕日が沈む。目の前に海が広がる。海は、青く輝く山並から紺《こん》青《じょう》の雲へと変わっていくように見えた。融かした金の滴《しずく》が、夕日にかすみかけた岬《みさき》を照らし、ゆらめく。丘のふもとに着くころには、ヘッドライトを点灯しなければならなかった。ウォーレン家の車寄せは低い崖のふちに近く、大きく育ったニオイヒバの生垣《いけがき》で仕切られていた。あたたかい海風が、針葉樹の枝越しに海藻《かいそう》と潮の匂《にお》いを運んで昇り、ジュリアスは入江で彼を待つ、スウェーデン式二本マストのケッチ（長距離セイリングに適したヨット）の繊細な姿を思い浮かべ、陶然とした。すぐに玄関に着いた。段を駆け上がると同時にドアが開いた。メイドが彼の車のヘッドライトに気づいていたのだ。呼び鈴を鳴らさず、待たなくてもいいのだから、快適というほかない。

「やあ、エミリー！」彼は声をかけた。「ひさしぶりだね！」

初めて訪問したときは、玄関のジャコビアン様式の羽目板が堅苦しく見えたものだが、今では親しみさえ覚える。もうすぐ夕食らしく、牛肉を焼く匂いがした。

「ご夕食にはまだ少しお時間がございます。奥様は二階でお待ちです。お荷物をお持ちしましょうか」

「大丈夫さ。いつもの部屋だね？」

ジュリアスは階段を駆け上がり、週末ごとに通されてきた部屋に踏み込んだ。窓辺のテーブルにプリムラの鉢を飾っているマリア・ウォーレンを見て、彼は嬉《うれ》しくてたまらなくなった。鞄《かばん》を床に投げ出し、大股《おおまた》に歩み寄ると、熊《くま》のように女主人を抱きしめた。

若い女性は熊が好きか、抱きしめられるのが好きか、あるいはその両方かに分類できる。もっとも、男たるもの、女性に対しては、このように元気かつ無邪気にふるまうのは、遠慮しなければならない。ジュリアスがもし、ここまでの道のりを楽しむとなく、潮風が運ぶ針葉樹の葉の香りにも気づかず、開いたドアとメイドの微笑《ほほえ》みと料理の匂いと美しい花に迎えられなかったら、マリア・ウォーレンを熊よろしく抱きしめるような冒険にはおよばなかったことだろう。

「ジュリアスのおばかさん。背骨が折れちゃうわ！」

マリアにはこのとき、窓から離れるという配慮があった。すぐにカーテンを引くと、明るい笑みをジュリアスに返した。一方、夫ラグビーの若い友人は、落ち着いてみせるという配慮があることに、まるで気づいていない。

「折れやしないさ、マリア。また会えて嬉しいよ。ラギーは？」

「調整中のエンジンのどこかを溶接するのに、エクスマスに行っているの。もうすぐ帰ってくるでしょう。そろそろお夕食の支度も整うわ。彼が帰るまで、下で飲み物でもいかが？」

「いいね！　素敵だ！　素晴らしい！　二分で一階に下りるよ。ラギーがあの旨そうなビーフをあきらめないよう祈りながらね」

ジュリアスが祈らなくても、ラグビーはもう帰っていた。彼は海岸沿いの道から裏手に入り、古い農家の間を抜けて車庫に車をいれた。家庭菜園を抜けるさいに客間の明るい窓を見上げたとき、ジュリアスはマリアを熊よろしく抱きしめていた。そのさまは、彼には恋の抱擁にしか見えなかった。

マリアがカーテンを引くとき、振り向いてかの青年に笑みを向けるのにも気づいていた。二階には妻と男が二人きり、隣には寝室。笑みは愉悦の、カーテンは秘め事のしるし。あの二人は後ろめたいことをしている。こんなときにはどうすればいいのか、という問いばかりが、ラグビーの頭の中で膨らんだ。

こんなときこそ男らしくふるまうにかぎる。家に踏み込む。ドアを勢いよく開ける。二人が何をしているか確かめる。若僧の胸倉を引っつかむ。立ち上がれなくなるほどぶちのめす。すくみあがる妻を、打つのではなく怯《おび》えさせるために、手を振り上げる。そして、燃える目と痛烈な言葉と、怒りを込めた靴の爪先《つまさき》とで、深き草むらに潜む蛇と堕落したイヴとを、彼らが穢《けが》したこのエデンの園から、雨だろうと嵐《あらし》だろうとかまわず蹴《け》り出し、追い立て、排除するのだ。

ラグビー・ウォーレンは男でござる。彼はこの一連の行動を、実際にしているかのように鮮明に思い浮かべた。だが、些細《ささい》なことが彼を思いとどまらせた。使用人たちが耳にし、外で話すかもしれないので、実行には細心の注意をはらわなければならない。懲《こ》らしめはヴァイオリンの演奏のようなものだ。優位に立ち、余裕綽々《よゆうしゃくしゃく》で臨めるのであれば、急ぐこともない。おおむね愛人というものは夫より若く、体力もある。自分より十歳は若いジュリアスの、首や腕の太さを思い浮かべてみる。そう、今晩は五月のはじめにしては温かく、風は芳《かんば》しい。二人を追放するのにふさわしくはないな。なお悪いことに、彼らが追放されないこともありうる。この家はそっくり、マリアが気難しい老父からもらったものだ。自分のほうが立ち去るか、何もしないで引き下がるか、ということになりかねない。

どちらになっても、男らしいふるまいにはほど遠い。罪をおかすことは、不名誉を耐え忍ぶことよりも悪い。だが、羨《うらや》みの目を向けられることもある。結局、人は耐え忍ぶよりも、罪をおかすほうを選ぶものだ。そうすれば隣人や使用人に陰で笑われはしないし、もし笑われたとしても、それはうらやましいからだ。だが、ラグビー・ウォーレンは罪というものを受け入れられない、生まれながらに誇り高き男なのだ。

ラグビーが名誉を重んじるのは、自分の発明が優れているにもかかわらず、そこからくる収入がわずかだから、ということに根ざしている。彼の年収が数百ポンドどまりなのに対して、紳士とは呼びがたいマリアの父親は、税金逃れのために一人娘に信託財産を作ったので、彼女はそこから何千ポンドも得ている。家はマリアのもの。ベントレーも彼女のもの。ラグビーが愛してやまぬ、全長四十フィート、二本マストのスウェーデン式帆船《ケッチ》も、法律上はマリアの所有物だ。計算するまでもなく、ラグビーの乏しい収入は家計の一部を支えているにすぎない。もし彼が一人で生活したら、ロンドンに一間の安下宿を借りるのがせいぜいだろう。いかに誇り高い男であっても、収入の低さまで誇るわけにはいかない。

誇り高くあればこそ、みじめさ辛さはなお身につのる。

ラグビーは庭の暗がりで、あたたかな風に吹かれながら、芽を出しそめた豆の畝《うね》に傾いで、滑稽《こっけい》に身をよじる案山子《かかし》のように立ちつくしていた。そのとき、声が聞こえた。「私は知っている。だが、あの二人は私が気づいているとは知るよしもない」ジャンヌ・ダルクの例をひくまでもなく、これは彼自身の声に相違ない。その冷静で真摯《しんし》な口調に、場所がどこであろうと、いかなることが起きようと、落ち着くべし、と彼は悟った。破産するところを一流の弁護士の手に委ねたつもりでいけ。彼は唇を湿らせ、わが家へと歩きだした。

マリアとジュリアスは飲み物を手に広間に立っていた。無邪気そのものの二人は、加工前のプラスティック素材のように見えた。二人に笑顔で迎えられたとき、暖炉の上の鏡に自分の顔が映るのを、ラグビーは見た。蒼《あお》ざめ、衰え、生気も失せはて、古い鏡の暗い淵《ふち》に身を投げた者の幽霊のような顔に、みじめさのあまり笑みも言葉も返せなかった。「巧みな演技だ！」胸のうちで彼はつぶやいた。「私にはできない。二人とも、いったいどれだけ練習したのか？」

騒々しいジュリアスの声に、渇ききった口で応えようとする前に、マリアが言った。

「道が込んでいたのね。お疲れでしょう。あなた、何かあったの？」

「いや」彼は答えた。「何もないよ。そう、話すほどのことはない。たいしたことじゃないんだ。野良犬を撥《は》ねただけさ」

「なんてこった！」ジュリアスが言った。「きみの気持ち、わかるよ」

「まあ、大変！　あなた、その犬は死んでしまったの？」

「たぶんね。可哀想なことをしてしまったよ。ぼくにも一杯もらえるかい」

この犬は、ただの思いつきだったのに、一晩中ずっと彼についてきた。硬い表情や少ない口数の言いわけにもなったが、あらためて生と死とを考えるきっかけにもなった。妻も友人も欠伸《あくび》をし、普段の週末の夜よりも早めに寝《やす》みに下がった。ラグビーは一人、誰にも訪れる死別の時に思いを巡らせながら座っていた。肉欲、悪、罰、偽善、背信、忘恩――そんなものばかりが浮かんでくる。「あの二人は私からすべてを奪った。人生を盗んだ。私を殺したのだ！」

「泥棒！」「人殺し！」と叫ぶ彼の声が、目隠しをした正義の女神を呼び出した。その一方の手には秤《はかり》が大きく揺れ、もう一方の手には剣が高く掲げられて、準備の完了を告げていた。だが、ラグビーの準備は整っていなかった。空想が勢いを増し、行動するよう彼に迫る。胸におさめておこうとしたものが、外に出て翼を拡げたがっている。だが、それはまだ幼虫のようなもの、今は育てるときだ。「証拠が必要だ」と彼は言った。「明確で冷徹な、法的かつ科学的な証拠が」

週末を費やし、彼が愚かなふりをしながら注意深く探したとしても、証拠は得られないだろう。彼の急な帰宅にも、あの二人がいかに巧みにふるまったかを見れば、明らかだ。

日曜の夕食のあと、ジュリアスは辞去した。ラグビーは遅くなってから、それでもマリアが寝言を言いはじめる前に、寝室に入った。ふだんの彼女はとても静かに、子供っぽいほど無防備に眠る。もうすぐ三十歳になる、守るものを多く持つ女の寝姿とは、ラグビーには思えなかった。

耳をすましてみるが、寝言は聞き取れなかった。マクベス夫人の夢遊のように、秘密を引き出す鍵《かぎ》になるのではないかと、ジュリアスの名を囁《ささや》いてみた。だが、このような罠《わな》を予測して寝言まで訓練を積んだか、かろうじて聞き取れた言葉は意味のとりようもなく、愛人たちの秘密の合言葉というよりは、ひそかな後悔のつぶやきか、眠りの森をさまよう無垢《むく》な少女のひとりごとか、自由を夢見る囚人の繰言《くりごと》のようにしか聞こえなかった。

暗い部屋で、ラグビーは煙草《タバコ》に火をつけ、窓辺に歩み寄った。「ジュリアスを追い払ったら」と、彼は意味のとれる言葉でひとりごちた。「私が止めても、マリアは彼と一緒に行方をくらますだろう。止めなかったら、好都合とばかりに、やはり一緒に出ていくだろう。どちらにしても、彼女を失うことになる」このとき彼の頭の中で、めったに会うことのない遠縁の会計士が、マリアとともに失うことになる財産に注意を向けるよう促した——家、ヨット、収入、ベントレーなどなど。ラグビーは、この気のきかない協力者を夢想から追い払った。彼は冷静な声でつぶやいた。「すべてが正しく準備されたとき、正義はなされる」ここで正義という言葉を口にしたとき、彼は宙に浮くような昂揚《こうよう》感を覚えた。「だが」と言って、彼は足を地につけなおした。

「まずは証拠をおさえることだ！」

月曜、火曜、そして水曜日と、マリアが買い物やお茶会に出かけているあいだに、ラグビーは彼女の机や箪笥《たんす》、衣服の間やクローゼットの中、箱に鞄にハンドバッグ、さらには彼女の本棚のホプキンスやオーデンや『不思議の国のアリス』などのページの間まで、証拠となるものを徹底的に探した。何かが見つかると期待するほど、ラグビーも愚かではなかったが、やはりその結果は、彼の科学的捜査法でも明らかにはできない、と知っただけだった。もっとも、手がかりがないからまったく無駄だった、というわけではない。

「足跡がない、ということも」ラグビーは自問した。「何者かがそこにいたことの証拠になるのではないか？　マリアの机に手紙がないのは、彼女の肌に打ち身の痕《あと》がないか、あってもヨットに乗ったときにできたものだけなのと同じだ。今や不貞もスポーツのようなもので、後ろめたくもない。不貞で日焼けすることもあるだろう。雪のように白い肌はもうない。女子生徒が身につけていた、男子用と見分けがつかないような下着もない。絹だのレースだので飾り立てたくだらないものが、ジュリアスの目を楽しませたにちがいないな。おっ、日記だ！　なかなか興味深いところに隠しておくものだな」

ラグビーが日記を見つけたのは箪笥の中、下着の下からだったのだが、十代の少女がものを隠しそうな、さして興味深くもないところである。「暗号で書かれていないことを祈るよ」彼はつぶやいた。

だが、すぐにその懸念が的中したことに気づいた。中断や省略、はっきりしない引用や読み取れない走り書きで、日記全体が暗号のようになっていたのだ。冬場の濡《ぬ》れた路面(「アンドーヴァーの近くで嫌なスリップ」)、春の花、誰かの誕生日、虹《にじ》を見たとか新車を買ったとか、裁縫や園芸、誰かが風邪《かぜ》をひいたの、どこかのディナーパーティに出席したの、演劇や展覧会——といった楽しげなことのあれこれが、一月、二月、三月、四月と、古い壁のフレスコ画のように、細片になってこぼれ落ちている。この断片的な記録は、マリアの少女じみた一面を描き出しているのだろう。「これも、あの子供みたいな寝顔と同じごまかしなんだ」ラグビーはつぶやいた。

切れ切れの日記の行間を、直観を働かせながら、彼は注意深く読んだ。難問を解こうと、一ページごとに怒りを込めた目を凝らした。精神的なストレスは身体的な刺激を求める。彼は鼻を上に向け、深呼吸をした。罪の匂いを嗅《か》ぎつけ、彼の内なる猟犬が目を覚ました。「ここから抜け落ちているものがある。念入りに省かれているものがあるんだ」

言うまでもなく、それはジュリアスの名だ。日記は重要ではない人名や頭文字でいっぱいになっている。ラグビーの頭文字「R」が、手品師が観客に選ぶよう仕向けているカードのように、どのページを見ても目に入ってきた。「あつかましいかぎりだ。新婚早々でもあるまいし」彼は吐き捨てた。メアリ・ティアニー、イーディス・ホワイトハウス、かかりつけの老医師クロスビー先生――溝によどんだ水のように、名前ばかりが目に映る。使用人や出入りの庭師の名前まで書いてある。だが、ジュリアスのことは、初めて顔を合わせた二月のある週末に、ちょっと書いてあるだけで、そのあとは一度も出てこない！　ひそかに思いを寄せるどころか、話したことも、冗談を交わしたことも、ヨットの作業や夏の船旅についても、ひとことも書かれていない！ジュリアスだけでなく、サー・アレック・ホワイトハウスや、ジェラルド・ティアニーや、奥方仲間の目を惹《ひ》く若い男たちの名前もなかった。理由は簡単だ。マリアの初婚は若い頃で、すぐに夫に先立たれたことから、優しく誠実で思いやり深い良妻であろうとして、必要以上に堅く考えているのだろう。この賢明な女性は、性欲がありすぎるのではないかと不安を覚え、分析を試みているようだ。彼女は、若い男性に対して自分が感じることを許せないでいる。日常でも、さらには夢の中でも彼らの存在を排除できないので、日記に書かないことで排除しようとしている。ジュリアスの日に焼けた腕や首に生えたうぶ毛を見るたびに、彼女は桃が食べたくなるのだが、まだ季節ではないから書いていないのだろう。

悪徳の中で、嫉妬《しつと》だけは愉しみを伴わない。だが、それが愛を甦《よみがえ》らせることも確かだ。今のラグビーには、愛は遠い幸福な日々の、夢の果てにかすんでいるものでしかなかった。が、女の笑みや眼差しを男が見のがさないように、机や簞笥を探って女の胸のうちを知ろうとすれば、その女の香りに気づかない男はいない。マリアのような若い女の香りに陶然としない男はいないだろう。だが、そこにわずかでも罪の香りが加わると、男の怒りを誘うことになる。ラグビーの愛は目覚めたが、それは魂が地獄に堕ちたことに気づいたかのような、苦痛に満ちたものだった。愛と苦痛とが、彼の探索に拍車をかけた。

木曜日は週給日で、ロンドン行きの割引乗車券が発行され、主婦たちは買い物に出かけ、美容院で髪を整える。この日に何が起きているかは、ラグビーにもたやすく見当がつく。ジュリアスの部屋にいる妻が、あの大男のバスローブを身につけ、手首が出るように袖《そで》を折り返して、罪深いせわしなさでサンドイッチの夕食をとっているのだ。この空想は、とりわけ折り返した袖は、ラグビーをひどく苦しめた。それが事実か否か確かめたい欲求と、そのためにロンドンに出かけるマリアを尾行してはならない、という抑制とを、彼は同時に覚えた。

嫉妬は愉しみを伴わない唯一の悪徳である、とは言いきれない。手管《てくだ》とか冒険とか命がけのスリルとかいったものは、どんな狩りにもつきものだ。狐《きつね》でも虎《とら》でもなく、背徳の街角に浮気妻を狩ることほど、愉しいものはない。足跡を追い、姿を隠し、四つ角で信号が青に変わったときに彼女がどちらに曲がったか、研ぎ澄ました直観でとらえ、店の入口に身をかがめ、デパートに並ぶ商品の入り組んだ合間をすり抜け、自分を映しかねない危険な鏡を避け、従業員通用口から外に出ると、「あの車を追え！」などと陳腐な台詞《せりふ》を口にすることなくタクシーで追い、先回りして玄関脇《わき》の暗がりに潜む――タペストリや映画や音楽ほどに、あるいは通信販売のカタログの、穏身コートや護身用雨傘《あまがさ》や変装帽子ほどにもわくわくする。

ラグビーはこの追跡には無類の能力を発揮したが、それもこの苦しみまじりの密かな愉しみゆえにだった。唯一の問題といえば、何も得られなかったことで、それは翌週の木曜日も、その翌週も同じだった。巧みな尾行にもかかわらず、標的はジュリアスのアパートにもホテルにも、密会できそうな他の場所にも立ち寄らなかった。「なぜ気づかれたのか？」彼は自問し、自答した。

「私に気づいたら、二人は我慢のかぎり会わないようにするだろう。そして時が至れば駆け落ちをする。あるいは、家も庭もヨットも車も何もかも差し押さえて、私を放り出す。それから二、三か月は外国に行って、私がみすぼらしい一人住まいに引っ込んだ頃合いを見計らって帰り、ご近所にあたたかく迎えられるつもりでいるんだ」

冷静な撤退をしたラグビーは、自宅の誰もいない客間に入り、もしあの晩ここにいたら、蒼ざめた顔の自分が見えたはずの窓辺に立った。彼がいた場所のすぐそばに、シャスタデイジーの茂みがあるのだが、ここからはほとんど見えなかった。この疑惑を明らかにさせられるなら、あの晩、あのとき、ここで何が起きていたか見られるなら、と思いもしたが、自分の推理は間違いない、と確信してもいた。彼の精神はベンゼドリン（覚醒剤の一種）を服用しなくても明確にはたらいている。今、彼は無窮の高み、雲の切れ間から、二つの小さな生き物が広大な平原を跳ねまわるのを見下ろしているのだ。「この手を伸ばしてあいつらを消し去るときが来た。今だ！」

週末にマリアが客用の寝室を訪れるために、夕食後のコーヒーに睡眠薬を入れたのではないか、という考えを、彼は決然とはねのけた。マリアもジュリアスも、そのようなことはしそうにない。最近の、洞窟《どうくつ》のように深い眠りと、そのわりにすっきりしない目覚めや、マリアが何かにつけ彼にどんな気分か尋ねることを、そこに理由づけるのは馬鹿げている。まして、投薬量が増えていって、いつか心臓に異状をきたし、墓地に眠る人々の仲間入りをするなどと考えるのは、まさしく狂気の沙汰《さた》だ（と彼は断定した）。

ここまで明晰《めいせき》な理性をもってしても、これ以上は理性的ではいられない、とラグビーは気づいた。彼の前には空白が壁となり、立ちはだかっている。彼は自分の内なる力に、まだ気づいてはいなかった。きらめく水銀のように不安定な状態だったものが、その力に苦しみ、どっと溢《あふ》れ出そうとしている。彼はいよいよ行動に踏み切ることにした。「街中でもなく、この家でもないのなら」とつぶやくのも、とうとう千度目になっていた。

そのあと「だが、ほかに場所はない！」と続けるのも、同じくらいに度重なっていた。「残るのはヨットだけだ。が、乗るときはいつも三人一緒だった」

いや、そうではない。もっと早く気づくべきだった。彼はだまされていたのだ。何度もの航行のうち、風が冷たかったか、背中が痛かったか、読みかけの本の続きが気になってしかたなかったかで、彼はマリアとジュリアスにこんなふうに言って、自分だけ乗船しなかったことを忘れていたのだ。「ちょっとの間、二人でいてくれないか。研究室で片づけておきたいことがあるんだ」

二人でいてくれないか。自分が口にした言葉が、鐘のようにがんがんと響き、ラグビーに内省をうながす。「私は船に乗らなかったのだ」彼は言った。情けなく恥ずかしいだけに、自分の告白は確信に近づいていく。証拠と言ってもいいほどに。

二人でいてくれないか、ときたもんだ！　潮の満ち干《ひ》を見込んで岸壁から百フィートほど先に係留してあるヨットへと、艀《はしけ》を揺らして妻と友人は向かっていった。ラグビーが二人を船に残したそんな午後は、用が済んだら船着き場に戻ってくるようにと、艀からジュリアスが大声で言ったものだった。今、一緒に取り組んでいる船の改装も、もとはといえばあいつの提案だった。作業中、あいつはマリアと一緒にいられる！　これほど安全な隠れ場所はあるまい。

二人でいてくれないか、だと！　あのヨット、わが最愛の船は、やつらの密会の場であり、共犯者だった。恋人たちの隠れ場所にも、寝室にもなったのだ。幸福な日々への懐旧の思いとともに、自分の弱さを噛《か》みしめながら、ジュリアスの部屋で彼のローブの袖を折って着ているマリアの姿を想像し、ラグビーは自分が玩具《がんぐ》のように小さくなったように思った。だが、弱さを噛みしめるのもこれまでだ。妻にも友にも船にも裏切られた男は、もはや行動を起こすほかない。「まとめて消し去ってやる——きれいさっぱりと。だが、手際よくやらねばな。それに、私には身の安全を守る権利がある。そして——」妻の財産だのみだったこれまでの生活を、彼は思い浮かべた。

「私には自分の生活を取り戻す権利がある。再婚し、新しい友と新しいヨットを手に入れるのだ。同じ二本マストでも、今度は小型のヨールにしよう」

六月になった。ヨットの改装は終わり、ジュリアスの休暇を見込んで三人で計画していた八月の短期航海への準備は整った。次に何をするか、はっきり決めておくことが必要だ。第一歩を踏み誤ってはならない。

「今日はきみたち二人で行ってもらっても、かまわないかな」次の土曜日の朝、ラグビーは言った（二人でいてくれないか）。

マリアもジュリアスも反対したが、そのときの答えも用意してあった。「こんなことをいうのもね」と彼は続けた。「ちょっとひらめいたことがあって、すぐにやっておきたいんだ。ぼくの考えが正しければ、大発明になるはずなんだよ」

マリアは気が進まなそうなそぶりを見せた。押し問答のあとも、彼女は研究室までついてきた。「ねえ、ラグビー、あなたは毎日働きどおしじゃないの。一緒に海に出ましょうよ」

「ごめんよ、でも、この閃《ひらめ》きを逃すわけにはいかない。今しかないんだよ」

「ラグビー、あなたが来られないなら、わたしも今日はやめておくわ」

「それじゃ、ジュリアスに悪いよ。船に乗ってもらえないとなったら、週末を無駄に過ごさせることになる。彼には失礼なまねをしたくないんだ」

「でも、ジュリアスは気にしないわ」

「いや、がっかりするだろう。男の気持ちは男のほうがわかるものさ。それに、彼は船のことをもっとよく知っておきたいだろうしね。もちろん、ぼくも八月が待ち遠しいんだよ」

「わかったわ、そうおっしゃるなら」

「風を受けて、できるだけ沖に出たら、風に逆らって戻ってみるんだ。帰港が遅れそうになったら、エンジンを使えばいい。何を試してみても、良い経験になるよ。船で身につけたことは無駄にはならないさ。わかるかい」

自分が何を言ったとしても、妻とジュリアスは海に出るだろう、とラグビーは思っていた。十マイル、十五マイル、二十マイルと、陸上の目から遠ざかるには、いちばん手っ取り早いからだ。二人は海の上で長い時間を一緒に過ごし、風に乗れないほど遅くなったら、エンジンで航行して帰ってくるだろう。いちばん望んでいるものを、言葉をぼかして都合よく与えてやった、というわけだ。

ラグビーは自宅にいるとき、よい閃きに恵まれるように、とマリアの父親が建ててくれた、設備の整った研究室で仕事をしていた。そこでひらめいたのが、船の燃料タンクを焼夷弾《しょういだん》に変え、続いて爆裂弾に、そしてもう一度焼夷弾にする仕掛けだとは、誰ひとり夢にも思うまい。ラグビーは発火装置が完全に焼失してしまうように考えた。船が喫水線まで燃え尽きてしまったとしても、残りの部分はたいてい、しっかり海に浮かんでいるものだ。彼はこれまでにないほど、仕事に集中した。無慈悲な月光を百倍にしたような輝きが、頭の中を満たしていた。彼がかつて研究したことのある、強力な光をあてると発火するプラスティックを作るのが難関だったが、この仕掛けを思いついてから一か月で完成させた。もっともそれは、彼がその存在をほぼ忘れかけていたセルロイドと、ほとんど変わらないものだったのだが。

時限装置も必要だ。いや、これこそ最優先だ。爆発は、船が遠くイギリス海峡に入ったあたりで、水平線に他の船影がないという条件のもとで、起こさなくてはならない。それは頭脳にレーダーを具《そな》えていないかぎり予知は不可能であり、ラグビーもまた、自分の能力を過信するマッド・サイエンティストではない。「実際に時間を測定する必要がある」彼はひとりごちた。

とはいえ、測定のために沖に出て自爆する気はない。失敗しないために、最も簡単な防止策を取るだけだ。計画への予期せぬ障害を防ぐためだけでなく、面倒の種となる悪い噂《うわさ》が立たないよう、静かに進行させるためにも。マリアとジュリアスはこれまでの八回の航行のうち、六回は二人だけで出ている。乗船回数の少ないラグビーが事故を意図した、などという愚かしい想像は、どれほど悪意をもっていたとしても、できないだろう。そしてもちろん、爆発のとき彼は船に乗ってはいない。

実行の前夜、ラグビーはヨットに入った。ジュリアスとマリアは、日中の航行の疲れが出たか、先に休んでいた。ラグビーはちょっとしたことをするだけだった。燃料タンクの蓋《ふた》を開け、光に反応して発火する栓《せん》をはめ込む。タンクの下には閃光《せんこう》を発する着火装置を固定して、スイッチに紐《ひも》をつなぎ、その紐を甲板の下に通し、船首に開けた小さな穴から端を外に出す。中に引き戻されることのないよう、彼は紐に穴より大きな結び目をつけた。救命胴着は一つだけ残し、他のはまとめて船外に運び出すと、ドックの小さな物置部屋に押し込み、鍵をかけた。

「朝食のとき」彼はドックから戻りながら一人つぶやいた。「私も海に出られると伝え、あいつら二人は喜ぶふりをしてみせるだろう。いつものように艀で漕ぎ出し、ヨットに乗船する。救命胴着がないことに気づきはしないさ。もし気づかれたら、船を出す前に格納庫にしまっておいた、と言っておけばいい。

気づかれっこない。二、三十マイルも沖に出たら、私はジュリアスに舵輪《だりん》をまかせる。マリアはきっと、あいつの隣に座るだろうな。私は船倉に下りる。救命胴着を着る。燃料タンクから点火栓を引き出す。そのまま前部ハッチから出る。船首に出たら、紐の端を手にする。二人の様子を見てから、手でも振って注意を惹いてやることにしよう。

『きみたちはお熱いものだから、救命胴着は今ぼくが着ているものしかないとは、気づいてはいないだろう』と言ってやる。『窓格子はすべて釘《くぎ》づけしてしまったし、海に浮くものはもうこの船にはないよ。この紐が見えるかい？　ぼくがこれを引けば、この船は爆発し、勢いよく燃え上がるんだ。そこを動いたら、すぐに引くぞ！』

それから二言三言、自分たちがしてきた私への仕打ちについて話してやったら、紐をひっぱってすぐ海に飛び込むんだ」

ラグビーは、二人の最期に手向《たむ》ける痛烈な言葉を選ぶのに夢中になっていたので、眠気をもよおすころにはもう朝日が射しはじめていた。

彼はこれまでにないほど深い眠りに落ちた。起床したのは普段より少し遅い時刻だった。階下に降りると、マリアは朝食の用意を済ませていた。彼女とジュリアスは外に出ていて、車寄せを行ったり来たりしている。ラグビーは二人が気づくまで、何度も声をかけなければならなかった。

「朝食を待ってくれなくてもよかったのに」外から戻ってきた妻と友人に、彼は言った。「でも、嬉しいよ。仕事も片づいたから、今日は一緒に海に出られる」

「ラグビー……」マリアが言った。

「昨日、船で起きたことを聞いてほしいんだ」ジュリアスが続けた。「でも、ゆうべは戻るのにひと苦労で、ひどく疲れてしまったものだから。大変だったんだよ」

「怖かったわ」とマリアが口をはさんだ。「あんなこと、もうまっぴらよ。昨日の事故は、あまりに突然で……」

「機関室に何が起きたのかわからないが、雷が落ちたように見えた」ジュリアスが言った。「ぼくたちが倒れるほどすさまじい閃光が、中からひらめいたんだ」そして彼は、泣き出したマリアを抱きしめた。


（植草昌実　訳）

大いなる可能性

Great Possibilities

前作の教訓は、なにごとも度を超すべからず、ということでした。殺意も、嫉妬《しっと》も、寝過ごしも。

そして、本作の教訓は、趣味を大切に、ということ。趣味が昂《こう》じて、新しい幸福の局面に辿《たど》り着く可能性もある、ということですな。それが、いかなる悪趣味であろうとも、

さすがは、ジョン・コリア。人生の愉しみを熟知した単行本未収録作品です。

五十を越えるまで、花の咲かない者がいる。マーチスンと名のつく男はみなそうだ。そこから赤らんだ頰《ほお》と、白い頰ひげと、古風な物腰をとってしまえば、何も残らない。同姓の女性は例外的にしかいない。実際のところ、その血筋が絶えないのはなぜかと訝《いぶか》る者さえいる。独身主義は一族の第四番目の本質的属性なのである。幸いなことに、先祖代々、弁護士をなりわいとしており、昔かたぎの弁護士は種々の風変わりな秘密にあまねく通じている。

一日二十四時間、五十有余年にわたって、その仕事を続けてきたベンジャミン・マーチスン氏は、一族のほとんど完璧《かんぺき》に近い標本になりつつあった。まさしく剝製《はくせい》にして美術館に飾るにふさわしかろう。かくも優しい微笑と目の輝きを損いさえしなければの話ではあるが。

いまは悠々自適の隠居生活を送っている。その気になれば財を築くこともできただろうが、法律で荒かせぎをするのは性にあわなかったようだ。事実これだけの狷介孤《けんかいこ》高《こう》の徒《と》であれば、普通なら完全な世捨人になっているところだろう。だが、実際には、旧友の多くが他界し、その土地が分割されて子供たちに相続されたことにより、マーチスン氏は彼らの保護者になり、管財人になり、助言者になり、友人になり、そして叔父がわりになっていたのだった。

氏にとっては若い友人を訪ねるのが何よりの愉しみであり、若い友人にとっては氏を迎えるのが何よりの愉しみだった。

人格的には完璧に近かったが、マーチスン氏には黙して語らぬ小さな奇癖があった。べつにたいしたことではない。単なる妄想であり、たわごとにすぎない。あげつらうのさえはばかられる。じつは、マーチスン氏、家に火をかけ、燃えあがる炎を見るのを何よりの幸せと感じているのである。

だからどんな害があるというのか。こういった一風変わった夢想をたまさか抱かぬ者が、どこにいよう。いいではないか。素敵ではないか。これほど愉快なことがどこにあろう。しかるに、われわれの大部分は巧みに飼いならされ、夢想は愚にもつかぬものとして破棄させられる。マーチスン氏の場合には、それが脳裏にしっかりと根をおろし、妖《あや》しげな花をつけていただけのことだ。

夢想は日を追うごとに頻繁に現われるようになり、そのたびに顔が大きくほころび、左右の手がこすりあわされる。こすりあわされた手は、今度はクリスマスの暖炉の火にあたっているみたいにひろげられる。こういったささやかな法悦に浸《ひた》っているときの顔の優しさといったらない。だから、マーチスン氏の被後見人や被保護者のところへ嫁いだ若い女性たちからも、教父のように慕われている。

新しい家ができると、いつもいちばんに訪ねて、賛辞を呈することを忘れない。ロドニーとミリセントの新居に対しては、こんなふうに言った。「素晴らしい。コロニアル様式にしたのは正解です。木造というのがいい。伝統というのは偉大ですからな。夏は涼しくて、冬は暖かい。もちろん地下には立派なワイン貯蔵庫があるんでしょうな。けっこう、けっこう！　ここが正面玄関とすると、勝手口はあちらですか。なるほど、よく考えられていますな。風通しは抜群です。このカーテンもいい。なかには短いカーテンを好む者もいるが、わたしは長いほうがずっと好きです。とても立派な家です。保険はかけてあるでしょうな」

「ええ、家屋敷には保険をかけてあります」と、ロドニーは答えた。「問題は家内の大切な骨董品《こっとうひん》です。各地のオークション会場をまわって必死に集めたものです。でも、血と汗の結晶に保険をかけることはできません。万が一のことがあれば、家内は絶望の淵《ふち》に叩《たた》きおとされるでしょう。まさかそんなことにはならないと思いますが……おや、どうしてこんな話になってしまったのかな」

甘美な夢想に冷たい水をさされて、マーチスン氏の心のなかの小さな火花は消えた。それで、次の週は車でバックとアイダの家を訪ねた。バークシャーズの丘の上に建つ古い屋敷で、消防署からは四マイルも離れている。願ってもない条件だ。晴れた風の強い夜なら、火は五十マイル先からでも見えるだろう。しかし、バックは建築家であり、余暇を利用して自宅でコンペ・プランを仕上げた矢先で、書斎には大事な設計図が保管されているという。

ディックとルーシーの家は三階建ての切妻造りで、このうえない劇的な効果が期待された。マーチスン氏はインディアンが二本の木の棒で火をおこすときのように手をこすりあわせた。それを見て、ルーシーは陽気に笑いながら言った。「そんなに強くこすったら、電気が起こり、指から火花が飛びますわ」そして、次のような話をした。いま家には、夫が五年間にわたって書きためてきた昆虫《こんちゅう》の文明についての原稿やメモが、あちこちに散らばっている。それが完成して本になれば、夫は有名になれる。

マーチスン氏はなおも物色を続けた。シシリーは父の蔵書を受けつぎ、ジョンは一族の肖像画を受けついでいた。トムとリズベスには小さな息子と娘がいた。

週末の新居めぐりのあいまに、朝の散歩にでかけるとき、マーチスン氏はときおり考えた。道ですれちがった農夫に声をかけ、そこにある古い納屋の持ち主を探しだして、売ってもらったらどうか。だが、結局そうはしなかった。それではなんの面白みもない。

哀れにも心優しき老紳士は、いかにも火つきのよさそうな家を訪ねつづけた。そして、そのたびに心優しさゆえに乗り越えられない障害に突きあたりつづけた。

しばらくして、長いあいだ音信が途絶えていたマークとヴィッキーから、新居を見にきてくれと感嘆符つきで書かれた手紙が届いた。〝わたしたちの家を暖めにきてください！〟マーチスン氏はさっそく次の週に出向いていき、駅でマークとヴィッキーと落ちあった。

「さてさて、これはどういうことなんです。新居の話はこれまで一度もしてくれなかったじゃありませんか。胸がときめきますな。聞かせてください。新しく建てた家か、それとも――」

「マークに訊《き》いてください」ヴィッキーはいらだたしげに言った。「わたしはなんにも知りません。仕方なく住むだけです」

「母の叔父の家だったんですよ」マークは荒っぽく車のギアを入れかえながら言った。

「いまはぼくの家です」

「母の叔父の罪は子に報いぬ」ヴィッキーは皮肉たっぷりの冗談を言った。

「でも、ウィローデイルの家はどうしたんです」と、マーチスン氏は訊いた。「たいそう気にいっていたようでしたが」

「ええ、気にいっていました」

「わたしを泣かせないで」ヴィッキーは言った。「あの家のお庭を考えると――」

「家内がそういう気持ちになるのも無理はありません。ウィローデイルの家はひとに貸さなきゃならなかったのです。ここの屋敷には莫大《ばくだい》な税金がかかります。なにしろ二十八室もあるんですから。買い手も借り手も見つかりません。だから越してこざるをえなかったのです。さあ、ゲートに着きましたよ。ここです。ご覧ください」

マーチスン氏は息をのんだ。「ほう。これはすごい！」

「みんなは羽目板づくりのライン城と呼んでいますわ」

「反対側はタージマハル調です」

「なるほど、なるほど。でも、可能性はある。あのとんがり屋根！　屋敷の壁を横から支える飛梁《フライングバットレス》！　イスラム風の塔！　しかるべき条件のもとでは……」マーチスン氏の口もとには、ここ数カ月のうちでもっとも愉しそうな笑みが浮かんでいた。

「どうかしたんですか、ベンおじさん」

「気にしないでください」マーチスン氏は手をこすりあわせた。「時代遅れの老人のことなど、何も気にする必要はありません。わたしには少し変わったところがありましてね。それだけのことです。肝心なのは想像力の閃《ひらめ》きです。たしかに可能性はある。これだけの建物だから保険料は高いんでしょうね」

「掛け金だけでも一財産になりますよ。困ったものです。さあ、荷物をお持ちしましょう」

「その箱の取り扱いには気をつけてください。一ダースのワインが入っているんです。きっと気にいってもらえると思います。地下室に置いておいてください。夕食のまえにわたしが自分であけますから」

マーチスン氏は若い友人たちによくワインを贈る。それが叔父がわりの保護者の仕事のひとつと考えている。ボトルを包む藁《わら》が役に立つという理由もある。

屋敷に入ると、ヴィッキーは風が吹きぬける部屋をひとつずつ案内してまわった。

「わたしたちは屋敷の隅っこで縮こまっていますのよ。死ぬときは、蜘蛛《くも》の巣に囲まれて、身体は痩《や》せさらばえ、爪《つめ》は長くのび、肌は青白く乾《ひ》あがっているはずです」

「およしなさい」マーチスン氏は言った。「きっとよくなります。近所のひとに集まってもらうことです。ちょっとした明るさと、ちょっとした熱と、ちょっとしたざわめきがあれば、見違えるようになります。わたしを信じなさい。何もかも一晩で変わりますよ」

マーチスン氏がワインを取りに地下室へ降りていったときには、たしかにそうなるはずだった。ボトルを包んでいた藁をあちこちに散らばらせたあと、手をしきりにこすりあわせながら、地下室から出てきたときには、この上なく幸せそうな顔をしていた。そうでなかったら、この夜の食事はひどく気まずいものになっていただろう。マークとヴィッキーはもうすでに口喧嘩《くちげんか》を始めていた。

「仕方がないじゃないか」マークは言って、何度も聞かされている愚痴を抑えこもうとした。「もう百回も言ったはずだよ。金の都合がつきしだい、ウィローデイルへ戻るって」

「驚いたでしょ、ベンおじさん」ヴィッキーは言った。「六つのお部屋しかない家に戻るお金がないと言うんですから!」

「いい加減にしないか! こんなときに!」マークは声を荒らげた。

「どならないでちょうだい。さっきからベンおじさんがどうして鼻をひくひくさせているか、わからないの? あなたのことを笑ってるのよ」

「なんですって」マーチスン氏は言った。「わたしがマークのことを笑っている? とんでもありませんよ」

「じゃ、どうしてさっきから鼻をひくひくさせているんです。お魚のせい？　もしそうなら、そうおっしゃってちょうだい」

「ちがいます。とってもおいしいですよ」

「でも、ほとんど召しあがってないじゃありませんか。鼻をひくひくさせるだけで」

「嘘《うそ》じゃありません。うんと愉しませてもらっていますよ」

「ほんとに？　お魚じゃないとしたら、風邪《かぜ》かしら。だとしたら大変だわ」

「だいじょうぶです。でも、それで思いだしました。このところ夜はぐっと冷えこみます。もう少し暖かい格好をしていたほうがいいんじゃないでしょうか」

「わたしは寒くありませんわ。でも、あなたはどうなんです。なんなら暖房を入れますけど」

「ありがとう。わたしはすごぶる快適ですよ。ただ外に出なきゃならないかもしれないので」

「外に出なきゃならない？」マークが言った。「どうして外に出なきゃならないんです」

「べ、べつに。そりゃそうです。もちろんです。外に出なきゃならない理由なんてない」マーチスン氏はしどろもどろだった。「疑問に思うのは当然です。どうしてそんなことを言ったのか自分でもよくわかりません。馬鹿げた話です。忘れましょう。それより、マーク、この屋敷を建てたのは誰なんです」

「大叔父のコクスンです」

「コクスン？　銀行家の？」

「そうです。銀行のほうはみんなが不思議がるほどあっけなくつぶれてしまいましたがね」

「その娘さんが有名なアナベル・コクスンですわ。絶世の美女と誉《ほま》れの高かった。もちろんご存じですわね。あなたも崇拝者のひとりだったのじゃありませんの？」

「え、ええ……」マーチスン氏の顔からは笑みが消えかけていた。

「ここで愛らしい少女時代を過ごしたんですよ。小塔のひとつに寝室があったんでしょうね」

「ここで生まれたんですか。そうだったんですか。ここで育ったんですか」マーチスン氏はつぶやいた。その顔はもう少しも笑っていなかった。

「深窓で乙女の夢をみていたんでしょうね。かわいらしい幽霊がいまも塔の上のほうで飛びまわっているかもしれません。ペチコート姿でね。ぜひ見てみたいものですよ」

「それって悪い冗談よ。教えてください、ベンおじさん。もしかしたら、あなたは彼女を愛してらしたんじゃありませんの？」

「わたしが？　なんてことを言うんです！　いやはや！」マーチスン氏はひどく取り乱していた。「でも、かわいらしかったのはたしかです。そうなんです。〝かわいらしい幽霊〟？　言いえて妙です。たしかにそうかもしれません」

「本当のところ、ちょっと変わっていると思いませんか。こんな陰気な、普通なら頭が変になりそうな屋敷を愛していたんですからね」

「ええ、そうなんです。そう言っていました。たしかに彼女はここを愛していました」

「どんな感じのひとだったんです」と、ヴィッキーが訊いた。「噂《うわさ》どおりの美しい方でした？」

「ええ、とても。美しくて、潑剌《はつらつ》としていました。わたしが年をとりすぎてしまったのかもしれないが、いまの若いひとは全然ちがいます。いまの若いひとは鳥がさえずっているようにうるさいだけです。もちろんあなたは例外ですよ」

「気立てのいい方だったんですね」

「ええ。大人になってからは少し変わったと言う者もいます。でも、わたしと出会ったときは、まだ若かった。ええ、とても気立てのいい女性でしたよ。〝かわいらしい幽霊〟か。いいですね。わたしのためにも、どうかこの古い屋敷を大切に使ってください。取り壊されるようなことにでもなれば、どんなに悲しいか。おや？」

「なんです？　どうしたんです？」

「くさいぞ。煙の臭《にお》いです。たしかに臭います」

「煙？」

「間違いない！　ふたりとも落ち着くんですよ。いいですね。ここにじっとしていなさい。すぐに戻ってきます」マーチスン氏はあわてて部屋から出ていった。

マークは妻と顔を見あわせ、それから言った。「いったいどうしたんだろう。あのお年寄り、頭がどうかなってしまったのか」

「たしかにくさいわ。煙の臭いよ。地下室に煙草《タバコ》を置き忘れてきたんじゃないかしら」

「そうかもしれない。でも、何かあったら大声を出すだろう」

しばらくしてマーチスン氏は戻ってきて、笑いながら言った。「なんでもありません。わたしの思いちがいでした。ご心配なく」

「でも、顔に黒い煤《すす》がいっぱいついてますわよ。それに手も真っ黒。地下室に煙草を置き忘れてきたのじゃありませんの」

「え、ええ。じつはそうなんです。どうか怒らないでください」

「怒らないでくれ？」マークが笑いながら言った。「怒りますよ。火を消したのだから。どうしてこのいまいましい屋敷を燃やしてくれなかったのです」

「なんですって？　冗談を言っちゃいけません。放火は重罪です。家は干し草の山じゃないんですよ。古い家には魂があります。思い出があります」

「ぼくたちが出ていけば、この家は間違いなく廃屋になるでしょうね」

「あなたたちはこの家にあまり愛着を持っていないようですね。買い手も借り手も見つからないとのことでしたが」

「見つかりません。そんなことは不可能です」

「不可能じゃありません。わたしが買いましょう」

「あなたが、ベンおじさん？」ヴィッキーは声を張りあげた。「この陰気な屋敷に住むおつもりですの？　ひとりで？」

「べつに陰気とは思いませんがね。寂しくもありません」

話はとんとん拍子に運んだ。数週間のうちにマークとヴィッキーはウィローデイルに戻った。後日そこの家を訪ねたマーチスン氏の友人はふたりに訊いた。「で、ベンおじさんはいまどうしてるんだい。あの屋敷を気にいってるのかい」

「そのようだね」と、マークは答えた。「ほんとに不思議なお年寄りだ。いつも極端にすぎる。いまは村の変わり者で通っている。消防団の話を聞いたかい」

「いいや。聞かせてくれ」

「ああ。最初はかんかんになって怒っていた。防火体制が不十分だと言ってね。そのために手紙を書いたり、集会を開いたり、農家をまわったり、いろんなことをしたらしい」

「それで？」

「小切手をちらつかせるか何かしたんだろう。消防団の団長に選出されたんだよ。先週、様子を見にいったんだがね。団員は猛訓練を受けさせられたらしい。新しく買った消防車が村中を走りまわっていた。そして、ベンおじさんはそれに乗っていた。運転手の横で、手に大きな鳶口《とびぐち》を持ち、満面に笑みをたたえていたよ」

「あのひとには前々から火に神経質なところがあったからね」


（田村義進　訳）

つい先ほど、すぐそばで

Not Far Away, Not Long Ago

専門誌に発表されたまま、個人集に入れ忘れられて、時効成立後に発見されるような作品が、この作者には少なくないのです。

前作の初出は82年のミステリマガジン〈ハッピーエンド特集号〉でしたが、本作の旧訳は同誌72年の〈幻想と怪奇特集号〉。この二つの特集が同じ意味にしか思えないわれわれのような読者には、本作は実にうれしい御馳走《ごちそう》というわけです。

読書に没頭し過ぎて、鍋《なべ》など焦がさぬように、ご注意を。

彼が玄関を開けると、男が二人立っていた。こういうときは二人で来るものだ、と話に聞いてはいた。今、それをこの目で見ているわけだ。

二人とも、目から下がよく見えないが、覆面をしてはいない。玄関の明かりが帽子のつばの影を落としているからだ。もし、彼らに銃で脅されたとしたら、財布を渡すという安あがりな方法で、身の安全が守れるかどうか、わからない。

いや、この二人、そのような連中ではなさそうだ。建設中の住宅ばかり目につくこの街区の、特徴のない街並に迷った、通りすがりの人たち、ということもありうる。家の光を見て、呼鈴を鳴らし、州道に出るにはどう行けばいいか、教えてもらおうとしているのかもしれない。

「ジョージ・H・ロジャーズさんですね」背の高いほうの男が、質問ではなく、確認するように言った。

魚みたいに口をぽかんと開けて突っ立っている男は、ありふれてはいるが、これほど目立つものもない。二人の男は顔を見合わせた。どちらの横顔も、ブリキを切り抜いて作ったように、蒼白《あおじろ》く尖《とが》って見えた。二人がこちらに視線を戻したとき、ジョージは答えた。「はい、私がジョージ・ロジャーズですが」

そのあとすぐ、ジョージは道を開け、二人の男は廊下に踏み込んだ。すすんで通したのか、しかたなく避《よ》けたのか、自分にもわからない。

「ここが居間ですね」と、小柄なほうの男が言った。ドアに手をかけていて、質問ではなく確認しようとしている。ジョージは震えあがったが、だからといって、この連中が前にこの家に入っているわけがない、と気を取り直した。居間がどのあたりかは、外から見てもわかる。この小さな家の一階には、窓のある部屋は居間だけだし、思いがけない来客にそなえて、ジョージはいつも明かりをつけっぱなしにしている。椅子《いす》の腕木にはペーパーバックが伏せてあり、そのかたわらのテーブルには、空のコーヒーカップが載っている。ちょうど、ついいましがたまでここに人がいた、というように。あの呼鈴の音が、鋭く長いナイフのように静けさを切り裂くまで、窓のないキッチンで彼が忙しく立ち働いていた、などと思う者もいないだろう。壁は静けさを守り続けるほど厚くはない。すると、あの呼鈴の音は、何マイルも先まで届いたかも、とジョージは思った。しかし、あたりは今も静まり返ったままだ。「居間で少しお話をうかがってもよろしいでしょうか、ロジャーズさん」

答えるいとまもなく、三人とも居間に入った。言われたのが先か、その前にもう入っていたのかは、わからない。ジョージは見たり聞いたりするのをさておき、懸命に、そして大急ぎで考えていたからだ。

「夜の十時にこのようにお邪魔して」と、長身の男が言った。「ご不審にお思いでしょう。あなたには知る権利があります。私の名はマクダーモット、彼はシラーです」名乗ると同時に、まずマクダーモットが、続いてシラーが、太い腕をジョージに差し出した。革のケースを手にしているから、握手しようとしているのではない。二つのケースが同時に開くと、中には二枚のカードがあった。右のカードにはそれぞれの顔写真と打ち出しの印章があり、その上には日付が、下には署名と指紋が見える。左のカードには、国旗を地に二、三行の文言が印刷され、別の署名がしてある。

どちらもくっきりした印刷で、カードが小さくても文字は読めたが、二枚のカードに書いてある言葉を、すべてきちんと読めるものではないし、まして今のジョージは、見るより考えるほうに夢中だ。一言一句に目を通すのに充分とはいえないが、それなりの間をおいて、男たちはケースを閉じた。イルミネーションが消えても残像が宙に見えるように、文字の影がジョージの心の目に浮かび、薄れていく。

薄れてゆく文字の中には、「局」とあったような気がした。頭のほうには「連邦」

とか何とか、見えたようにも思う。下のほうの小さな文字の中には「組織」だかなんだかと書かれていたようだ。「局」の前の語が「検察」でないのは確かだ。いや、そうだと思う。州警察にもそんな名前の、一般市民とは縁の薄い部署があるのかもしれない。何日かあと、ジョージにはっきり思い出せることがあるとしたら、それは自分が一般市民ではなくなってしまった、ということだった。

「で、ご用件は?」暖炉の前でうたたねしていたところを起こされたような、くぐもった声で、彼は言った。こうすれば万事説明がつく、とばかりに、目をこすったり、あくびをかみ殺したりして見せる。だが、この二人を迎えたときは、ちゃんと目覚めた顔とはっきりした目をしていたと思い出し、すぐにやめた。

「まずは、こんな夜更けにお邪魔したことを、お詫《わ》び申し上げます」どうやら、この長身の男のほうが、上司のようだ。「ですが、ロジャーズさん、こんな時分にご協力をお願いするのも、私たちの職務なのです」

「ここ数日、あなたが夜おそくまで起きていらっしゃるとうかがっておりましたし」

小柄な男が言い加えた。

「奥様がここからお出になって、もう一週間ほどになりますな」と、長身の男。

「私たちに連絡を下さった人たちが、勘違いをしていなければ、ですが」と、小柄な男。

「連絡?」ジョージは不愉快だといいたげに語尾を上げた。

「つまり、ロジャーズさん」長身の男の口調は静かだった。「私たちはご近所の方々に、先にお尋ねしてきたのです」

ジョージにも思い当たることはあった。今になって、何があったのかがわかった。壁が透明なガラスになってしまったようだ。この殺風景な街区の家々が、眠ろうともせず、暗い夜の澄んだ冷気の中、芝生も生垣《いけがき》もない敷地に立って、二階の二つの窓を目にして光らせているさまが目に浮かんだ。

「寄せられた情報は、ほとんど役にたたないのですが」長身の男は続けた。「それを承知の上で私たちがうかがったと、ロジャーズさん、あなたにもお伝えしておきたいのです」

「妻が二、三日前から出かけていることなら、事実です」ジョージは言った。「友達のところに行っているもので」

「お楽しみになっているといいですね」小柄な男が言った。

「楽しんでいるそうですよ。つい昨日《きのう》、手紙が届いたばかりです」

「昨日ですね」長身の男が尋ねた。

「はい」

「昨日は」長身の男は言葉を切った。「日曜日でしたね」彼はジョージの正面の肘《ひじ》掛け椅子に座っていた。顔が上を向いている。天井に話しかけているのだろうか。

「一昨日《おととい》と言ったつもりでした」と、ジョージは答えた。「土曜日です。妻から手紙が届いて、楽しくてしかたがない、というようなことが書いてありました」小柄な男に目をやると、アップライト・チェアにかけて手帳を取り出したところだったので、自分が心配しているように書いておいてもらおう、と彼は思った。「何かあったんですか？　まさか、事故かなにか……」

「そんなことはありませんよ、ロジャーズさん」安心しなさい、と言いたげに、長身の男が答えた。「手続きどおりに進めているだけです。形式的なことですよ」

「お差し支えなければ、ご住所を」手帳にペンを構えたまま、小柄な男が言った。

「ご住所？」と、ジョージ。

「奥様がご滞在なさっているお友達の、お名前とご住所を」男は言い直した。

「ええ、名前は……何といったかな……」ジョージは言った。「ビレインだ。そう、ビレインさんのところです。結婚して苗字《みょうじ》が変わると、なかなか覚えられませんね。結婚してまだ何年もたっていないし、ご主人にもまだ会っていないんです。ビレイン夫人と妻は、小学校時代の同級生なんです」

「ご結婚前のお名前は？」小柄な男が尋ねた。

「はい、そっちは覚えています」と、ジョージ。「ミクヨフスキーでした」

「確認しましょう」天井を見上げたまま、長身の男が言った。

小柄な男は手帳のページをめくった。「これはちがうな」とつぶやく。それから、ジョージにまっすぐ目を向けた。「で、ロジャーズさん、このご夫婦はどちらにお住まいですか」

「先に言っておきますが」ジョージは言った。「二人とも私の友達ではないのです。私はほとんど会ったことがありません。妻の友達ですし、お付き合いについては彼女ではなく、ビレイン夫人から聞いたくらいです。夫人は妻をオクラホマに招待してくれました。彼女は住所録に書き写すのを忘れたまま、夫人の手紙を荷物と一緒に持っていってしまったから、一昨日の手紙を探していたところですが、なぜだか見つからない」

「土曜日に奥様から手紙があったのは幸運でしたね」と、小柄な男が言った。

「本当に」と、ジョージ。「届いたときは嬉《うれ》しかったなあ」

「その手紙を見れば住所がわかりますね」長身の男が口を挟んだ。

「ええ、書いてありますからね」ジョージは答えた。「でも、妻に返事を書こうと机に向かったとき、どこに置いたか忘れてしまって」

「机に積んだものにまぎれてしまいましたね」小柄な男は机に近づいた。

「そうではなさそうです」ジョージは言った。「探してはみたんですがね。うっかり何をしてしまったか、見当はつきますよ。机の隅から紙くずかごに落としてしまったにちがいない。くずかごの中身は、昼すぎに焼却炉に投げ込んでしまった」

「紙くずはそんなに早くたまるものですか」いっぱいになった紙くずかごに目をやりながら、長身の男が言った。

「妻の手紙を探しながら、いらなくなった書類や手紙を片付けていたんです。ずいぶん整理できましたよ」

「仕事柄、あれこれお尋ねするのをお許しいただきたいのですが」と、小柄な男が言う。「探している当の書類や手紙を、うっかり捨ててしまうことは、けっこうよくあります。ロジャーズさん、その紙くずかごを見せていただいてもよろしいでしょうか。私にならその手紙を見つけられるかもしれません」

この男は何も見つけはしない、とわかってはいたが、はっきりさせておかなければ、とジョージは思った。協力的な態度はご機嫌とりとは違う。そこで、男が机に向かって座り、紙くずかごに手をかけようとしたところで、声をかけた。「ちょっと待ってください！」と言って、しかめっ面をしてみせる。

「ここで、ごく立ち入ったことをうかがうのを、お許しください」長身の男はきわめて冷静な口調で尋ねた。「奥様とはうまくいっていますか？」

この言葉を聞くや、ジョージはしかめっ面をひっこめた。焦りの交じった一瞬の沈黙のあと、彼はスパニエル犬か、あるいはセールスマンのように、相手のご機嫌をとろうとした。「うまくいっていますとも」彼は答えた。「妻は私よりずっと若いのですが、愛しあっている、と胸を張って言えますよ」

「すると、奥様はお出かけになっても、それほど長くはお宅を空けない」小柄な男が机のほうから言った。丸めた牛乳屋の領収書や買い物メモを紙くずかごから取り出し、丁寧にしわを伸ばし、きちんと重ねている。

「もう一、二週間は、向こうにいるかもしれません」ジョージは答えた。「妻が楽しんでいるのなら、私には何も言うことはありません」

「ロジャーズご夫婦のように、お互いを思いやっていても、奥様が休暇旅行に出ることがある」と、長身の男が言った。「ふだんは愛しあっていても、ときにはちょっとした喧嘩《けんか》をすることがあるでしょう、ロジャーズさん？」

「うちに限ってそんなことは……」と、ジョージは言いかけた。が、隣人たちが何か話しているかもしれない。この質問は罠《わな》ではないかと思い、彼は咳払《せきばら》いのように短い笑いで言葉を切った。「……まあ、そんなこともありますよ。妻は気の強いほうなので、かっとなるときもあります。そうなったらもう、言いたい放題ですね。もしまだお尋ねでなければ、お隣にでもきいてみてください」

「お話はもううかがっております」長身の男の口調は控えめだが、どこかしら悪意が潜んでいるようだった。

「ちょっとした口論です」ジョージは言った。「ちょっとした、ではすまないときもありますが。でも、すんでしまえばせいせいしたものです」少し間をおいて、彼は続けた。「あなたがたが想像するよりずっと、私は妻を愛しているのです」相手を複数形で呼んだのは、目の前の男にも、机ごしに彼を見ている男にも、印象づけておきたかったからだ。

「ところで、ロジャーズさん」小柄な男が言った。「もしかして、お料理の途中でしたか？」

「うわっ！」ジョージは叫んだ。「すみません、ちょっと待っててください」

彼は返事も待たず、居間を飛び出した。廊下は焦げ臭いどころか、今にも火があがりそうなにおいに満ちていた。ジョージはキッチンのドアを開けるやいなや、ガスこんろの火を消した。大鍋《おおなべ》を持ち上げるや、シンクに置いて冷水を流し込んだ。生ごみ《ディス》粉砕機《ポーザー》でさっさと片付けてしまおうか、と思いかけたが、それは軽率だと気づいた。ディスポーザーはそう早くは処理できないし、負荷がかかれば大きな音をたてる。彼はまた鍋を持ち上げ、こんろにどすんと戻した。

居間に戻ろうと振り返ると、戸口に長身の男が立っていた。「自炊ですか？」大鍋に目をやりながら、彼は尋ねた。

「一人でいる間はね」ジョージは答えた。

「たくさん作れますね」男は鍋を指さした。

「料理の手間を省いているんですよ」と、ジョージ。「まとめ買いをしましてね。子羊肉でも子牛の肉でも何でも、まず下ごしらえをして、しばらく買い物に行かなくてもいいくらいに、保存しておくんです」

「ハムエッグをお召し上がりでしたか」皿の山のいちばん上を見ながら、男は言った。

「ええ、朝食に」ジョージは言った。

「奥様はハムエッグがお好きですか」長身の男は暢気《のんき》そうにたずねた。

「好みの焼き加減なら」ジョージは答えた。「それがなにか？」

「育ちも趣味も近しい人がそばにいてくれるのは、いいことだ」男は言った。「で、その骨は愛犬用ですか」シンクの下の床を指さす。呼鈴に驚いたときに、落としたにちがいない。

「近所の犬にやるんですよ」ジョージは答えた。「遊びに来たときにね」彼はこのとき、スポーツ選手になったような感覚を覚えていた。ふだんの自分を超える力を発揮して、危機を逃れたのだ。戸口に踏み出して、骨と、それをためつすがめつしている男のあいだに立つ。

「犬の胃には良くないそうですよ」長身の男が言った。「噛《か》むと割れますからね。ことに子羊の脛《すね》の骨は、かけらが針のように鋭くなるから、犬には禁物だそうです。あの骨は子羊のではないようですな。ずいぶん長い……」

　男のいる戸口まで来ると、ジョージはほんの一瞬、彼にキッチンの中を見せたが、すぐ電灯のスイッチに手をかけた。「友達が鹿《しか》の肉を分けてくれましてね」と言いながら、明かりを消した。明るい廊下を、二人は居間に戻っていった。

　居間に入ると、小柄な男が本棚から目を離して「良いご蔵書ですな」と言った。たいして並んでいない本の、題名だけ見ていたのだろう。「このミッキー・スピレインという作家は」と言いながら、ジョージの椅子の肘掛けに伏せてあった本に手を伸ばした。「読者が何を読みたがっているか心得ている」彼は炉辺の小さな本棚に目を戻した。「読書は最良の趣味です」感心したような口調だが、本気ではなさそうだ。「ヘミングウェイの『午後の死』は、私も読みましたが、ニューヨーク大学の恩師の評価に同感です。これこそ現代の古典のひとつである、とね。こちらは『強迫』（メイヤー・レヴィン著の犯罪小説。リチャード・フライシャー監督、オーソン・ウェルズ主演で映画化）ですな。裕福だが未熟な殺人者たちの心理に深く踏み込んでいる。マック、まだだったら、一度読んでみるといいですよ。レイモンド・チャンドラーもお読みでしたか、ロジャーズさん。この作家は、感情を排しているというよりはむしろ、文章がやけに挑発的だとはお思いになりませんでしたか？　行間に不満をにじませていて、アメリカ的な生活は気に入らない、と言いたげな」

「犯罪小説の書き手ですからね」ジョージは答えた。「犯罪者になら文句も言いたくなるでしょう」

「なるほど、卓見ですな」長身の男が言った。「誰もが好きな本を本棚に並べる権利を持つ。そして、お疑いになるかもしれませんが、そのような権利を守るために尽力するのが、私たちの職務です。おや、アインシュタインもお読みなんですね？」

ジョージは、口に残った骨のかけらを吐き出すように、おうむ返しに言った。「アインシュタイン？　愛読？　私が？　いったい何の話……」さっぱりわけがわからない。その質問に潜む思惑が読めないまま、相手の真意に彼は怖れをおぼえた。だが、朝日が昇る前、ほの明るい空の下に鳥や獣が目を覚ます頃、意識の地平線を天の救いが照らすように思い、彼は答える気もなく、言う必要もない言葉で答えた。「シラーさん、それは見当違いというものです。私は数学者でも科学者でもない。アインシュタインなんて知りませんね。いったい何の話か……」

小柄な男は本棚の上の段に手を伸ばした。「この冊子は」と、長身の男に言う。「アインシュタインの『晩年に思う』からの抜粋です」

「ああ、それか！」と、本の存在をすっかり忘れていた様子で、ジョージは言った。「科学だけでなく、平和や、寛容の精神といったものなどについて書いた随筆ですね」

「私たちも寛容を旨としています」小柄な男が言った。「古本屋をのぞいて、ちょっと気になった本を買ってしまう、ということは、よくありますよね。そんなときにお求めになったんでしょう」

「いいえ」ジョージは笑いをこらえた。「ちがいます」

「では、お借りになったのでは？」小柄な男は続けた。「あなたの感想を聞きたいお友達から」

「それもちがいます」と、ジョージ。「わたしの本です」

「中には『FDよりEDへ、一九五〇年、クリスマス』と書いてありますな」本を開き、見返しに目をやりながら、小柄な男は言った。「おさしつかえなければ、ロジャーズさん（あなたなら頭文字はRなのですから）このEDとは誰なのか、教えていただけますか」

「その頭文字は、妻の旧姓です」ジョージは答えた。「私の、ではなく、私たちの本、と言うべきでしたね」

「アイリーン・ドイル、ですな」長身の男の口調は、この名前は聞き飽きた、と言わんばかりだった。

「お恥ずかしい」小柄な男は悔しそうに言った。「ロジャーズさん、失礼をお詫びします。私は手帳が頼りですが、彼はしっかり頭に入れている」男は機械のような動きで手帳に目を落とし、それから、さほど機械のようでもなく、同僚を見やった。「このFDが、私たちが捜している者という可能性は？」

「奥様には頭文字がFのご親戚《しんせき》がいらっしゃいませんか」長身の男が尋ねた。

「いいえ」ジョージは答えた。「いませんね」

「では、お友達かお知り合いの中に」と、小柄な男が続けた。「フロイド・ドレクセルという人はいませんか？」

「ええっと……」ジョージは口ごもった。

「この名前に聞き覚えは？」小柄な男が尋ねた。

「妻がドレクセルという男について話したことは、あったかもしれません」ジョージは答えた。「大学時代の思い出話で、だったかな。その彼から、この本をもらったのかもしれませんね。ありそうなことです。でも……」

「そのフロイド・ドレクセルが、女子大生にこのような本をプレゼントするような男だと、なぜお思いになったのですか？」長身の男は冷たい口調でたたみかけた。

「会ってはいないもので」と、ジョージ。「どういう人かは知らないのです」

「彼の活動については？」小柄な男が言った。

「名前しか知らないんです」ジョージはきっぱりと言った。「残念ですが、このくらいしかお役に立てそうには……」

「やはり本人の証言が必要だな」と、長身の男が小柄な男に言った。「ロジャーズさん、奥様がいまどこにいらっしゃるか、思い出せそうですか」

「思い出せないんです」ジョージは立ち上がりかけた。

「では、お願いしたいことがあります」と、小柄な男が言った。「この紙くずかごを持って、そう、あなたがさきほどおっしゃったように、焼却炉を開けて中身を投げ込んだときの仕草をしてみてください」

「覚えていないんだが」ジョージは空の紙くずかごを手に、気乗りない身振りをしてみせた。「こんなふうだったかな」

「ありがとうございます」小柄な男が言った。「アインシュタインの理論を引くまでもなく、小さく丸めた紙くずが、焼却炉に入らずに、あなたが気づかないような暗い片隅に転がり込むことはありえますな」

「それはないな」と答えはしたものの、ジョージの心はまたも沈んだ。「何も落ちてはいませんでしたよ。ちゃんと見たんです。間違いありません。昨日、地下室の掃除をしたばかりです――隅から隅まで！」

「紙くずかごを空けたのは、今日の午後とおっしゃっていましたね」長身の男が言った。

「ええ。そのとおりです」ジョージは答えた。「地下室はいつもきれいにしておきたいものですから、昨日も掃除しましたし、紙くずかごを空けたときも、ちゃんと見ました。こぼした紙くずはありませんでした。調べていただいても、かまいませんよ」

その声は、かまわない、という言葉とはうらはらに、鉄板のように冷たく硬く一本調子だった。

「見せていただきます」小柄な男が立ち上がった。

「狭苦しいところですが」ジョージの口調は悲しげになった。「鹿肉を収めてあるものですし。ご同僚にはお話ししましたが、友達が鹿肉を送ってよこしたんですよ。今は包んで、地下室に置いてあるんです」

「昨日は肉を置いたまま掃除を？」長身の男が尋ねた。

「犬は気にしないでしょう」ジョージは答えた。

「近所の犬、とおっしゃってましたね」男は言った。

「遊びに来るんですよ。こちらも淋《さび》しいものですしね」窓ガラスに映る自分の顔がジョージの目に入った。二人の来訪者のことなど忘れてしまうほどに快い瞬間だった。

「淋しい」という言葉を、これほどふさわしく口にしたのは、初めてだからだ。が、自分の淋しげな顔を目にすると同時に、告白したい、打ち明けたい、すべて話してしまいたい、という思いが、ゆるやかに、だが強く、波打つように湧《わ》き上がってきた。ジョージはその波に乗り、心の声に従った。「実は」彼はその波から勢いと、悲しみの力を借りた。「妻は出ていきました」絶妙のタイミングだった。居間を出ようとしていた小柄な男は、何かいいかけて口を開いた。「私は嘘《うそ》をつきました」ジョージは続けた。「手紙はありません。もともと、一通もないんです。妻はオクラホマにはいません。私も妻も、オクラホマには友達はいないんです。ですが、妻が男を追って出ていったなんて、辛いし恥ずかしいしで、言えやしません。だから、人に尋ねられたときには、妻は友人のところに行っていることにしていました。お役目の邪魔をしてしまって、すみません。情けないかぎりです」

「お気の毒です」小柄な男は言った。すぐにでも出ていきたそうな素振りだ。「時間の無駄遣いでしたな」

「もう少し、お願いします」長身の男が言った。「ロジャーズさん、ご事情はお察しします。もっとも、私たちに偽証したことになりますが、そのぶん、あと少しだけご協力いただいても、よろしいですね」

「何をお話しすればいいのか、わかりません」ジョージは言った。

「今、ひらめいたのですが」男は続けた。「奥様がフロイド・ドレクセルと出ていった、ということは、ありえませんか？」

「妻が彼と会うようなことは、もう何年もありませんね」ジョージの口調は疲れていた。「妻はアルゼンチンに行ってしまったのです」

「ラテンアメリカの男と？」小柄な男の口調には緊張感が戻っていた。

「そう聞きました。名前や住所までは置いていきませんでしたね」ジョージは答えた。

「でも、奥様は出ていかれる前に、ずいぶん大騒ぎなさったんでしょう。私たちが得た情報によれば、大声で激しく叫んだ、と」ジョージが身振りでしぶしぶ同意すると、小柄な男は彼の肩を持つように、同僚に言った。「新聞に載るほどでした。大変な剣幕だったと」

「ドレクセルについては」と、長身の男が言った。「少し説明をしたほうがよさそうですな、ロジャーズさん。お話ししても、あなたを驚かせるようなことはないでしょう。一九五一年のことです。二組のカップルが——というより、四人の若者と言ったほうがいいでしょう——ヴァーモントのあるリゾート地で、ホテルに宿泊しようとしました。その一行は、あなたの奥様と、そのドレクセル、ミス・ミリアム・ジェイコブズ、そしてミルトン・ワイズマン。誤解のないよう補足しますと、男女別れて一部屋ずつ、あるいはそれぞれ個室の宿泊を希望したと思われます。もちろんそれは重要なことではありませんし、そこまで個人的なことには、私たちも立ち入りはしません。結局、そこが白人専用ホテルだったばかりに、彼らは宿泊できませんでした。私たちはそういうホテルに何か言うような立場ではありませんが、この同僚が今しがたお話ししたように、奥様は強い言葉で抗議されたようです。が、そのことは問題ではありません。問題は、フロイド・ドレクセルが、そのホテルの従業員に手を上げたことです。従業員としては、職務にしたがっただけなのでしょう。が、このことはちょっとした事件として地元紙に載り、他の新聞にも転載されたので、私たちはその記事をしらみつぶしに調べていたのです。このような調査は、しばしば目覚しい成果を導き出すものですから」

「奥様については、ご心配になることはありません。ごく普通の主婦です――でしたから。でも、彼については何か覚えているかもしれない。ドレクセルという男について、私たちは最大限の調査をしているのです」

「この男が今、どのような人物と見なされているかを知ったら、あなたも驚かれることでしょう」長身の男が尋ねた。「奥様はお戻りになりそうですか?」

「いいえ」ジョージは答えた。「まず戻らないでしょうね」

「それでも、もしお戻りになったときには」と、男は彼に名刺を渡した。「ぜひお電話をお願いします」

「証拠探しにヴァーモントまで出向かなくてもよさそうだな」小柄な男が言った。

「傍目《はため》には税金を使ってドライヴを楽しんでいるように見えるかもしれませんが、そうそう足ばかり伸ばしてもいられませんしね、ロジャーズさん。夜分お邪魔して、失礼しました」

「かまいませんよ」二人を見送りながら、ジョージは言った。「お疲れ様です」

「では、失礼します、ロジャーズさん」長身の男が言った。

「おやすみなさい」小柄な男も言った。

「おやすみなさい」ジョージも言った。

彼は二人の男が乗った車が走り去るのを見送り、赤い尾灯が見えなくなると、ドアを閉めてキッチンに戻った。夜もおそく、ディスポーザーが音を立てはするが、彼は作業を再開した。まずはもちろん、床に落ちていた骨の片付けから。


（植草昌実　訳）

インターミッション

完全犯罪
A Matter of Taste

なぜ、この作品が〈インターミッション〉なる特設区画に入っているのか。理由は幾つかあるのですが、少なくとも、このコーナーは〈本格推理小説〉のお好きな方に愉しんで戴けると存じます。

まずは、推理好きの名士が集まる秘密クラブを覗《のぞ》いてみましょう。

無類の完全犯罪に挑戦するメンバーと、驚愕《きょうがく》の真相……。

え？　『黒後家蜘蛛《くろごけぐも》の会』のパロディじゃないか——ですって？

いえいえ。実は、あれよりも前に書かれているのです。

こぢんまりとした、厳格な会員制のクラブだったが、〈メデューサ〉はロンドンのクラブの中でも、まちがいなく最高の知名度を誇っていた。毎月第一金曜日になると、きまってここに集う親しい仲間がいる。とびきりの料理に選《え》りすぐったワインを添えて、ひとしきり舌鼓《したつづみ》を打ったあとのお楽しみは、喫煙室に席を移して、この前の集まりからこのかた出くわした殺人事件の中で、おもしろそうなものをさかなに話に興ずるひとときである。

顔ぶれは、そんな目的にふさわしく色とりどりだった。常連は、一流弁護士、名だたる犯罪学者、有名な探検家、殺人衝動を専門に研究している評判の精神分析医、それに、しろうとならではの聞き捨てならぬ発言をすることもある、愛すべき無名氏。この面々に、時に応じて招かれた人たちが加わる――警視庁《ヤード》の警部、田舎牧師、エジプト学者（エジプト・コブラ研究家）、すぐれた学識者（諸事全般）、そしてたまに豪勢な催しになるときには、殺人者本人にご登場願うこともある。

しばらく前のある晩の集いには、全員が打ちそろった。給仕たちはコーヒー・カップを下げ、ひとりひとりにお好みの飲物のグラスを配ったあと灯りをほの暗くすると、音もなく退出した。

「ところで」無名氏が愛想よく切りだした。「〝完全犯罪〟なんてものは、ほんとにあるんでしょうかね」

これで満座が騒然となった。冒険家は、氷の短剣なら犯行のあと溶けてしまって凶器の証拠を残さないという話をながながと論じた。精神分析医は物質を用いる方法いっさいに侮蔑《ぶべつ》的で、望ましからざる伴侶《はんりょ》や邪魔な叔父の心の中に自殺志向を誘発する方法をあれこれ述べ立てた。その日出席していた著名な菌類学者は、毒キノコとその使用・悪用について、短いが興味深い話を披露した。

「ですが、どれも理論上の話にすぎませんね」愛すべき無名氏の意見だ。「そろそろ本題に入ろうじゃありませんか」

「そのとおりだ、スミザーズくん」この小討論会でしばらく聞かれなかった声がした。英国内務省の顧問病理学者、バーナード・ウィグモア卿《きょう》である。ここ数か月間、ヨーロッパ大陸にある有名な温泉に湯治に行っていて留守にしていたのだ。「むろん、完全犯罪というものは完全であるがゆえに、われわれの目にはつかないはずだ。しかしだね、今回具合を悪くする直前、たまたま警視庁に呼ばれたのだが、そのときの事件というのが、わたしの限られた経験の中で他に例を見ないばかりか、犯罪記録をすみからすみまで捜しても、匹敵する事件はおそらくなかろうというくらいでね。この話を、みなさんお聞きになりたいですかな?」

いうまでもなく、同意を示すざわめきがこれに応えた。

「けっこう」バーナード卿は受けて、まず脇《わき》に置いたグラスから泡だつ肝臓薬をひと口ふくみ、話を始めた。

「親しい仲間うちですし、ここで披露される話は、センセーショナリズムにすでに毒されている大衆の耳にはけっしてとどかないことになっていますから、登場人物が誰だかわからなくなるような小細工はやめておきましょう。

ジャーニンガム卿夫人の事件ですよ、去年の春きゅうに亡くなった。かかりつけの医師が口をすべらしたか、使用人たちの噂話からかはわからないが、夫人の病状はあまねく知れわたり、物議をかもしましたな。腹部の激しい不快感、嘔吐《おうと》、めまい、目の前に斑点《はんてん》がちらつく、そしてついにはけいれん、失神、昏睡《こんすい》とつづき、それから十二時間とたたぬうちに亡くなられたという。

とりたてていうほどのことでもないが、この種の症状は各種の重い胃病や、特に食中毒の場合によく見られるものであるいっぽう、殺人を目的として故意に毒物が投与されたときにも、これと同じ症状を呈するものだ。事件に付随する諸事情は誰もが知っているが、おかげで噂《うわさ》はかまびすしくなり、ジャーヴェス・ジャーニンガム卿、第十一代准男爵にして、かの不幸なご婦人の夫だが、この人物に疑惑が集中した。夫人が夫よりかなり年上だというのは公然の事実で、彼女の容貌《ようぼう》と性格のどちらがより災いになったのかというのが、口さがない連中の議論の種だった。

しかも、急死の直前、ジェーヴェス卿はとてつもなく大きな箱につめたチョコレートを夫人に贈っていた。中身はすでに三分の二ほどなくなっていたが、箱は夫人の自室にあり、執事が保管していた――彼の言葉を借りれば〝万が一の場合を考えまして〟というわけさ！

夫が妻にチョコレートを贈るのは珍しいことではない。わたしも贈ったことがあるし、みなさんの中で結婚されている人なら、きっとそんなちょっとしたプレゼントを奥さんにさしあげた経験をおもちだろう。わたしと同様、まったく無害な動機からね。だが、妻のほうが明らかに女性的魅力を欠いており、夫がそのような優しい振舞いを見せるとはとても考えられない状況となると、この種の贈り物はむしろ罪悪感の裏返しではないか、たとえば、どんなに愛のない結婚をしている男だって、浮気のあととなればそれくらいのことをするのではないか、これが世間一般のものの見方というものだ。われらが著名なる精神分析の専門家も、この考えが広く流布していることは──その妥当性はさておき──認めてくださると思いますがね」

著名なる精神分析医氏がうなずいたので、バーナード卿は先をつづけた。「ところで、当時ジャーヴェス卿といえば、あの名うての映画女優グロリア・ストリート嬢とかくの噂が取りざたされていた。たぶんご承知と思うが、卿が最近再婚した相手だ。ストリート嬢はまれに見る魅力を備えた若いご婦人、かたや、まれに見る大きさのチヨコレート箱、なにしろ十五ポンド（約七キロ）は下るまいという代物だ。ジャーヴェス卿は、いわば一石二鳥、つまり罪滅ぼしの贈り物ひとつで、罪の意識と奥さんと、両方いちどに消してしまったのではないかと、誰もが疑った。新聞がこの騒ぎを見逃すはずがない。〈スコットランド・ヤードよ、捜査にかかれ〉と、大文字の見出しが踊ったよ。

何もかもお見通しのはずの記者連中も、スコットランド・ヤードがすでに行動を開始していたとは気づかなかった。警視総監はジャーニンガム卿夫妻の夫婦仲をよく知っていた。極秘事項中あまり問題のないものだけをここで明かすと、総監の眼──老兵にふさわしい男らしい眼は──まずストリート嬢に釘《くぎ》づけになった。その同じ眼──警察の長たるにふさわしい鋭い眼が──彼女がジャーヴェス卿と急速に親しくなったのを、ある種の苦々しさをもってしっかり見定めていたのだ。総監は部下を呼び、彼がすぐわたしを警視庁に呼び出した。行ってみると、例のチョコレートの箱が、中身はほんの三分の一しか残っていなかったが、運びこまれて総監のデスクの上に置いてあった。

〝死体があり、チョコレートがあり、動機がある〟総監はいった。〝動機は二つもあるのだ。この写真を見たまえ〟(と、ストリート嬢の写真を見せてくれたが、千隻の船も勇んで船出しそうな美しさだった)〝それに、こっちも〟(といって示したのがジャーニンガム卿夫人の写真。こちらは千隻の船がただちに沈没しそうなご面相だ)〝すまんが、ちょっと検死をやってもらえまいか。なに、ほんの形式的なものさ。そうすればすぐにも逮捕に踏み切れると思うのだが〟

〝明々白々な事件というわけですな?〟

〝袋のねずみだよ！　彼がどこでそのチョコレートを手に入れたかはまだわかっておらんが、これはたいした問題ではない〟

〝それは簡単にわかりますよ。ほら、箱に製造元の名前が入っています。この会社は直営の高級店でしか製品を売りません。一軒はボンド・ストリート、もう一軒は確かハノーヴァー・スクウェアにあると思いましたが〟

〝箱にはなんの問題もないんだ〟総監の声にはわずかながら不機嫌な調子が感じられた。〝そいつはボンド・ストリートの店で売られたものだ。先週木曜の午後四時に、店長もお馴染みのジャーヴェス・ジャーニンガム卿その人にね。だが中身のほうは別だ。その会社の代表に来てもらって調べさせたところ、現在箱に残っているやつは、どこかよそで作ったものを、もとのチョコレートの代わりに詰めたのにちがいないというのさ。うちの刑事たちがイギリス中のチョコレート工場をあたっているところだ。必要とあらば、大陸までだって足をのばすつもりだ〟

〝さぞかし楽しい旅行でしょうな〟わたしはいってやった。〝しかも国民の税金で！　しかし、いわせていただけば、それは時間の無駄というものです。ジャーヴェス卿はこんなチョコレートくらい自分で作る能力は充分にあるし、じっさいそうしたにちがいないとわたしは思いますね〟

〝きみたち科学者というのは、すこぶる頭はいいが〟総監は反論にでた。〝実際的な問題には必ずしも強いとはいえんようだな。いいか、これだけの出来映えのチョコレートをこしらえるというのは、まあ程度はちがうが、ちょうど犯罪の推理と同じようなもので、プロの力が要求されるのだよ〟

〝しろうとが、ある分野では玄人《くろうと》はだしの腕前を見せることはよくあります〟わたしはにやりと笑っていった。〝ジャーヴェス卿がありきたりのしろうとではないことを、わたしはたまたま知っているのです。ずいぶん昔になりますが、いま疑惑のまとになっているこの人物と少々近づきになりましてね。ここでちょっとしたヒントを差しあげられるんですよ。そのころの状況はずいぶんちがっていました。彼はまだ准男爵の称号を得ていなかったし、それを足がかりにして、およそ女の魅力にはほど遠いテキサスの百万長者の未亡人と、欲得ずくで愛のない結婚をするのも、もっと先の話です。彼はまるっきり文なしで、わたしも仕事の足場を固めようとやっきになっていた頃です。いろんな世界で同じような境遇にある若い男たちの集まりがあり、たまたまそれに二人とも入っていたんです〟

〝それで、チョコレートの話はどうなったんだ?〟総監が口をはさんだ。

〝もうすぐその話になります。ちょっと回り道をしていますが。あの手の若い男の例にもれず、ジャーニンガムも美食家を自負していたし、料理の腕に鼻高々でした。ところが珍しいことには、彼に限ってそれがみせかけではなく、正真正銘の才能だったのです。生まれつき、驚くほど鋭敏な味覚の持ち主で、まったく、音楽愛好家のいう〈絶対音感〉に相当する味覚を持ち合わせていました。耳に入る音という音すべてを聴きわけてしまうお気の毒な人間がいますが、ジャーニンガムも、ピラフだろうが、カスーレ[*1]だろうが、ラグー[*2]だろうが、ひと口食べればおもな材料はもとより、いわばほんの一拍分の香草《ハーブ》や香料《スパイス》、さらにはわずか三十二分音符一個分程度の塩コショーまで、百発百中いいあてることができました。もちろん材料の質や鮮度はいうまでもありません。この点ではたいへんなうるさ方でしたよ。

きき酒も負けず劣らずで、どんなワインでもひと口飲めば、銘柄と製造年を即座に当てられました。そればかりか、自分で訪れて働く人と親しくなったぶどう園のものとなると、ぶどうを踏みつぶした農民の名前まで当ててみせたものです〟

〝ワイン好きにはおもしろい話かもしれんが、わたし自身は上等のウィスキーのほうが好みでね。きみはいったい、何をいいたいのかね？〟

＊1　*cassolet*　フランスのラングドック地方の古い郷土料理。白隠元豆を豚、羊、鵞鳥、鴨、背脂、ソーセージなどの肉と一緒にじっくり煮込んだもの。各町村によって組み合わせるものは違うが、ただひたすら長時間煮込むのが秘訣で、アナトール・フランスの「楽屋裏」には、二十年も煮込んだカスーレが出てくる。

＊2　*ragout*　牛、仔牛、羊、豚、鶏、野鳥の肉または魚をベースにして野菜と煮込む料理。ブラウン仕立ての場合は小麦粉をふり込んできつね色になるまでいためてから、水かブイヨンを加える。ホワイト仕立て（イギリス風）は小麦粉の代りにジャガイモで濃度をつける。

〝総監殿、すでに申しあげたと思いますが、ジャーニンガムは美食批評家としての評判にあきたらず、その才能を創作のほうにもまわして、やはり成功したのです。あのころは貧乏だったのに、彼の料理はまさに味のシンフォニーでした。それも、わずかばかりの安い肉に、いろいろなもので味をつけた、そのさじ加減のみごとなこと！あいつのところで食事をするといつも食べすぎる、そのくせまだまだ食べたりない気がするんだと、みんないってましたよ。初めての経験者は、デザートが待っているから腹八分目でやめておくように注意されましてね。

彼の作るお菓子がまた、料理に輪をかけた絶妙な味で、あの手にかかれば、贈答用に使うチョコレートを作るなど、児戯に等しいでしょう。たとえばどんな毒薬を使おうと、その味を簡単に隠してしまったことはうけあいますし、その手間を惜しんだとなれば、慎重さを欠くだけでなく、自分が味覚にうとい人間だということになりますからね。これは彼がみずからチョコレートを作ってはじめてできることです。そのうえ、かりに彼が芸術性の面で大幅に妥協して、できあいのチョコレートの中に、手を加えずに毒を注入するようなことがあったとすれば、なにも、もともと箱に詰まっていたチョコレートの代りを捜す必要などなかったはずでしょう〟

〝手製かどうかはともかく、彼はチョコレートを妻に贈った。女は死んだ。男は死刑だ。それほどの粋人なら、最後の朝食は一流シェフを確保して作らせるようにしよう。その前にだ、サー・バーナード、あちらさんとはだいぶちがうだろうが、正確なことではひけをとらないきみ流のやり方で、あのチョコレートにちょっぴり加えてあるものが何か、調べてくれるかね？　今日は音楽用語をだいぶ使ったから、それにならっていえば、身体諸器官《オルガン》が死体置場でお待ちかねだ〟

総監の声音から、用件はすんだと察してわたしは部屋を辞した。それから二十四時間もたたぬうちに、わたしはまたも総監のデスクの前に坐《すわ》っていた。彼は上機嫌で、満足げに両手をもみ合わせていた。

〝さて、サー・バーナード、よい知らせは何かな？　砒素《ひそ》？　シアン化物？　青酸？〟

〝そういったものは、まったく見つかりませんでした、総監〟

〝なんだって？　では何か変わったものかもしれん。なにしろ食通だからな。華麗なる東洋の産物とか、アマゾンから送ってきたものとか？〟

〝総監、少しも当たりに近づいておられませんが〟

〝粉みじんにした虎のヒゲ？〟

〝いいえ〟

〝じゃ、なんだね？〟

〝いかなる毒物の痕跡《こんせき》も見うけられませんでした〟

〝しかし、婦人は死んだのだぞ〟

〝そのとおり〟

〝そして彼女はチョコレートを食べた〟

〝その点は疑いをいれません〟

〝なるほど！　わかったぞ！　チョコレートは目くらましだったのだな。やつが毒を仕込んだのは、タルタル・ソースだか、ベアルネーズ・ソース[*3]だか、なにやら異国の珍味だったんだろう〟

〝チョコレートを使ったにせよ、ほかのいかなる食べものにせよ、どんな種類の毒物も、ジャーニンガム卿夫人の体内に入った形跡はありません。ですから、死体はこれから死体置場に返します〟

〝毒物が見つからんと？　きっと見逃したのだ〟

わたしはほほえんだ。

〝笑うのはけっこうだがね、サー・バーナード。人間は若返れはしないものだ。ごく最近の新しい毒物があるんじゃないのかね。原子なんとかとか。年よりのずけずけし

た物言いを許してもらいたいが、この事件はもっと若い者にまかせるほうがよくはないかな?〃

総監が弱気になったので、そんなことはないと思わせるために、ちょいとばかり現代感覚をきかせて返事をしてやった。〃お言葉ですが、総監、こと毒物となれば、わたしもかなりすすんでる人間と自負しておりますが〃

〃こと殺人となれば、わたしもだ。この婦人は殺されたと、わたしはにらんでおる。きみの判断に異を唱えようとは思わんがね、サー・バーナード、しかしこのチョコレートが無毒だとそこまではっきりおっしゃるのなら、ぜひひとつ食べるところを拝見したいものですな〃

わたしの信用が試される瞬間だった。箱に手を伸ばし、チョコレートを一個とった。ながめて見てから、少しかじってみる。きわめて慎重に味をみたのは確かだ。ジャー

＊3　*béarnaise*　網焼きかローストした肉、海老、魚に合う温いソース。エシャロットとエストラゴンをみじん切りにし、辛口の白ワインを加え、汁を⅔まで煮つめる。ボウルに卵黄、塩、コショー、粉状にしたとうがらしを入れ、湯せんにして混ぜる。これにエシャロットとエストラゴンの煮たものを裏ごしして加え、マヨネーズ状になるまでよく混ぜながらバターを少しずつ加えながら、最後にパセリを入れて仕上げる。

ヴェス卿の作品は、昔も今も、尊敬の念に打たれる出来映えだった。予想どおり、不快な苦味も、舌がひりひりする感じも、アーモンドの味もしなかった。ところが、今まで体験したことのない、まったく新しい風味に気づいた。口ではうまくいえないが――あえかな、とらえようのない、なにかこう、気をそそるような、誘うような……。

そのあいだ、総監はわたしをじっと見つめていた。〝だいじょうぶか、サー・バーナード？〟

〝ぴんぴんしてますよ〟わたしはこたえて、なんの気なしにチョコレートをもう一個とった。

〝そうか？　いや、かつて軍におった者として、わたしは自分にできないことはけっしてひとにもさせん主義でな〟そういいながら総監はチョコレートをひとつとりあげ、一瞬しげしげとながめてから、ひとくちかじった。最初はゆっくりと、しかしそのうち好奇心とスピードがぐいぐい加わっていった。すぐ次のに手が伸びる。わたしもとった。

〝ラムの味だ〟総監は考え考えいった。

〝ラムの味などしないようですが〟

〝つまりその、変わった味《ラム》ということだ〟

〝ああ、それはほんとうです〟

そのころには、彼は五個め、わたしは六個めに挑戦していた。テムズ川を見おろす大きな窓のある、あのいかめしい警視総監室がしんと静まりかえり、ただ聞こえるのは、むしゃむしゃというかすかな音だけ。ついに二人の目が合った。

〝やっと解けたぞ〟

〝明快ですな、総監〟

〝あの婦人は、かわいそうに、食べるのをやめられなかったのだ〟

〝そのとおり。箱をちょっとこっちへ押してくれませんか〟

〝わたしはやめられますぞ。その気になればね〟

〝ほんとうですか？〟

〝いやその……もう一個だけ〟

〝わたしも〟

〝しかし、われわれは証拠を食べているのだぞ、大事な証拠物件を！〟

〝われわれがここで食べるのをやめられるとすれば、それこそ、やめようと思えばやめられるという可能性の証拠になります。それでは陪審がまず承知せんでしょう〟

〝となると、やつは逃げおおせる！〟

〝起訴はむずかしいと思いますね〟

〝うーむ〟総監はうなって、二個いちどに手にとった。わたしは眉をつりあげた。彼は顔を赤くして、

〝これで同じ数食べたことになる〟と言いわけした。

ふたたび、いかめしい警視総監室が静まりかえった。だいぶたってから、総監が口を開いた。〝ときに、サー・バーナード、腹部に激しい不快感を覚えないかね？〟

〝はっきりと感じます。吐き気も〟

〝少々めまいの気味もあるのでは？〟

〝それに目の前に斑点が飛んでいます。チョコレートがたくさんは残っていなかったのが幸いでしたな。ジャーニンガム卿夫人は十ポンドも食べたあげく、これにやられてしまったのでしょう。総監、この重荷をご一緒していただいて、ある意味では感謝していますよ。われわれの場合は、たぶん、ひきつけ、失神、昏睡、そして死までにはいたらずにすむでしょうからね。ほんとうに、この味は、たまりませんな！〟

それ以上、ほとんど言葉もなかった、数個残っていたチョコレートをふたりでたいらげ、ほっとしたのと残念なのとが入り混じった複雑なため息をついてから、わたしたちは主治医のところにとんで行き、そのあとは、それぞれ湯治場行きとあいなった

わけさ。ジャーヴェス卿はストリート嬢と結婚し、末永く幸福に暮らすことだろう。めでたしめでたしだな」

バーナード卿はひと息入れ、肝臓薬をまた飲むと、明るい表情でまわりを見まわした。「さて、それではみなさんの評決をお聞かせ願いたいですな、この事件、〝完全犯罪〟の名に価すると思われますか?」

パイプを吸ったり考えたりの、長い間合いがあった。

「殺人であることは確かですね」無名氏が愛想よくいった。

「好みの問題だとは思いますが」と著名な菌類学者。「ここではチョコレートがその役目を果した。しかし率直にいって、やはりある種のキノコを使った殺人のほうが、もう少し自然な——アメリカ英語で言えばもう少し〝森っぽい〟感じがあっていいのですがね」

「もっと完璧《かんぺき》の域に近づけることだってできたかもしれない」といったのは、評判の精神分析医だった。「物質をただあれこれ混ぜ合わせるかわりに、ジャーヴェス卿が奥さんの心に何か暗示を与えるなり、催眠術にかけるなりして死に追い込んでいればね。そうなると、事件全体がぐんと高度なものになっていたんだがな」

「うまくやりおおせた殺人だ、それは声を大にしていえる」と有名な探検家。「しかしだ、目的が達成されたあと、チョコレートが、たとえ一部とはいえ残ったままだった。チョコレートが発見され、調べられ、毒など入っていないことがわかる。その巧妙な手口はたいしたものだが、どうもスタイルがいまひとつという気がする。たとえばの話、巨大なアイスクリーム・サンデーでも使っていたら、どんなにかましだったろうと思うのだがね。それなら、疑惑が起きる前に残りが溶けてなくなってしまう。まさに氷の短剣をほうふつとさせるじゃないか！」

（小鷹信光　訳）

ボタンの謎
Gables Mystery

前作の推理は、如何《いかが》でしたでしょうか？

おや。ご不満がある？　なるほど。で、あるならば。

もしも、〈本格推理小説〉における「論理的思考」を重視なさる方ならば、むしろ、本作のほうが、お気に召すかもしれません。

のみならず、ミステリの古典についての知識と教養があればあるほど、惹《ひ》きつけられることと存じますが。

本邦初翻訳の作品です。

（懐かしき連続探偵劇の一幕）

「これ、あなたのボタンよね、ハーバート」と、フィルビー夫人は尋ねた。

「おや、そうだね、きみ」フィルビー氏は答えた。「どこにあったのかな」

「メイドの寝室に落ちていたわ」

「ほう、それはまた奇妙なことだ。カササギが取っていって、落としていったのだろうか。ヘロドトスによれば、王に仕える僕《しもべ》たるもの……」

「カササギのせいになんかしないで、ハーバート」夫人の口調はやや強く、声はやや大きくなった。

「いやいや」フィルビー氏は片手を上げた。「カササギと断定したわけじゃない。どこかで飼われていたカラスが逃げ出したとも考えられる。そのほうがありそうだな。コガラスかもしれないが」

「鳥じゃないわ！」夫人は声を高くした。

「そうかもしれないね。あるいは、ほかの生き物が――」

「そうよ、そのとおりよ」と夫人は言いかけた。

だが、フィルビー氏は見事な口舌の速さで、そのまま話し続けた。

「小型の猿ならば簡単に、壁をよじ登って窓からぼくの部屋に入り、ボタンを取ると壁づたいにメイドの部屋の窓から入って、ベッドの脇《わき》にボタンを落とし、ぼくたちにちょっとした謎《なぞ》を残していくかもしれないね。たとえば、いたずら好きなこと悪魔のごときオナガザルや、貴婦人のペットでおなじみのマーモセットの何種類か、またあるいは、巡回動物園かどこかから脱走した、もっと大型の猿という可能性もある。一般市民だけでなく警察をも悩ませる、ボタンの移動よりもさらに重大な事態も起こりうるんだ。モルグ街の殺人事件は小説家の空想の産物にすぎない、とは言えないんだよ。あの物語も歴史上の事実に基づいたもので、そこから読み取れるのは――」

「ハーバート！」フィルビー夫人は叫んだ。「猿じゃないでしょう！」

「なるほど、猿ではない、というのがきみの推理なんだね。たしかにぼくも、この説にこだわる気はないよ。ならば、リスがボタンを木の実と間違え、ぼくの部屋から持ち出したはいいが、あとで間違いに気づいて、原始的な道徳観念で、自分にとっては価値はないが、持ち主には価値のあるものだ、と認識した、というのは、どうだろう。

泥棒が、誤って盗んでしまった恋文や死んでしまった子供の髪を、あとで返しにきた、という話があるじゃないか。だが、かわいいもので、リスは窓の見分けがつかなくなって、返しにいく部屋を間違えた――」

「ハーバート！　リスがどうしたなんてくだらない話はしないで！」

「まあ、おちつきなさい、アンジェラ。今日のきみは少し気難しいようだね。きみは鳥類の可能性を全面的に除外し、猿も否定した。さらに、リスも容疑から外そうとしている。すると、きみが考えているのはマングースか、イエネズミかノネズミか、尻《しっ》尾《ぽ》の巻いたバンディクートだろうか。だが、予測に合致する結論に急ぐ必要はないよ。スコットランド・ヤード的な方法ではないからね。たとえば、鳥類の可能性にしても、まだ検討していない範囲があることは看過できない。たとえば野生のニワトリの、数限りない種類のように。あるいは、ダチョウがその長い首をぼくの部屋の窓から差し入れ、ボタンを呑《の》み込み、そのあとメイドの部屋の外を通りかかったとき、ふと軽くおくびを漏らして――」

「ばかげてるわ！」夫人は吐き捨てた。「ハーバート――」

「たしかにばかげてはいるが、砂利道には足跡は残らない。そうだ、足跡を調べにいこう。もしダチョウの――」

「行かなくていいわ」夫人は言った。「もし足跡があったら、それは人間のものにちがいないから」

「ははっ！　きみは思い込みが強いね」フィルビー氏の口調は熱をおびてきた。「ぼくたちは素敵な名探偵コンビになれるよ。フレンチ警部と彼の奥さんみたいにね。ぼくはあらゆる可能性を考え、ひとつひとつをこつこつと確かめる。きみはより大胆に、より直観的に、時にはひらめきに乗じて、科学と論理のゆるやかな過程を飛び越え、事件の核心をつかもうとする。きみの直観がつかむ結論がありえないものだとは、ぼくは決して思わないよ」

「そのとおりよ！」夫人は声を荒らげた。「このうえさらに――」

「ここで、きみの大胆な仮説を再検討してみよう。まず最初に、ボタンが本来あるところではなく、庭の小道に落ちていたと仮定すると、それはぼくが草を引き抜いたか、花の香りを楽しもうとしたか、屈みこんださいの急な動きで、衣服から外れたのだと説明できる」

「聞いちゃいられないわ！」夫人は言い放った。「もういいかげん――」

「まあまあ」フィルビー氏は遮った。「話には順序があるものだよ。きみの指摘からひらめいたぼくの推理をまず話すから、問題点をあとで教えてほしいんだ。この謎にはぼくたち二人で取り組んでいるんじゃないか。これからぼくが説明するボタンの紛失と発見の過程には、きみにも聞いてもらえるはずだ。毎年、何百万のボタンが行方不明になっているが、このボタンだけは追跡可能さ。さて、庭の小道にボタンがある。これを、何フィートも離れているうえ、壁に隔てられ、窓だけは開け放ってあるメイドの部屋まで運ぶのに、どのような運動が考えられるかな？　さあ。ここできみの観察眼が必要になるんだ。ボタンの移動をあらゆる可能性から想像してみるんだ。大いなる海の浜辺で小石を拾う小さな子供のようにね。そんな子供が一人、庭に入りこんできて、おもちゃのゴム銃で――」

「お好きなようにお話しなさい、ハーバート」夫人は唇をゆがめた。「子供が入ってくることはありえないって、あなたもご存じでしょう」

「無数の可能性のほんのひとつさ」フィルビー氏は答えた。「ぼくが察するに、きみが考えているのは、大人の、それも男なんだろう。まったく、女というものは！　ロマンスの匂《にお》いをかぎつけたのかい」

「もちろんよ！」夫人の口調はさらに険悪になってきた。

「恋に胸を焦がす若者が、真夜中に庭に忍びこみ、セレナーデを聞かせようと、かわいいモーディの部屋の窓に当てる小石を拾った、としようか。彼が小石でなくボタンを拾ってしまったのは、形が違ったからだろうし、その形ゆえに投げても狙《ねら》ったようには飛ばず、ガラスをそれて窓の隙間《すきま》から飛び込み、床に落ちた、というところかな。ねえ、きみ。たしかにそれは、女性の見地からの見事な反論だ。でも、男の側から言わせてもらえば、モーディはいい子だが器量は十人並みだし、性的魅力には乏しいから、恋人がいるとは考えにくいな。こう言っちゃモーディがかわいそうだが。料理女はだいぶ年かさで、体重もかなり多いが、男が忍んでくるとしたら彼女のほうがありそうだ。ところがその恋人が、部屋の窓を間違えて――」

フィルビー夫人は立ち上がった。彼女の夫はかまわずにまくし立てた。

「だからといって、使用人たちのことをいちいち知ってはおけないだろう。仕事さえしていれば自動人形だって同じさ。そりゃあ、一人一人に喜びも悲しみも趣味もあるだろうがね。たとえば、モーディの父親か母親か祖父母か、いちばん上の伯父さんかが――彼女は魅力には乏しいけれど、愛してくれる人がちゃんといるんだよ――急病で寝込んでしまった、ということだってありうる。そんな親族の誰かが、彼女にそれを伝えようとして、恋人がするようにボタンを拾い、投げたが窓ガラスをそれて――」

「それであの部屋にあったと言いたいのね！」フィルビー夫人は決めつけるように叫

んだ。

「だから何なんだい？　ぼくの服にブラシをかけようとして、部屋に持っていったのかもしれないだろう」フィルビー氏は叫び返した。「いやいや、大声を出して悪かったよ。モーディがゴーティエの『モーパン嬢』を読んで、男装の麗人の気分を味わってみたくなったか、そうでなければ、ナントカ大佐とやたらにいる彼女の追従者のように、男と同じ恰好《かっこう》をしたかった、ときみは考えたんだね。モーディがそんなことをしたがりませんように。誰でも、自分の服を人に勝手に着られたくはないものだからね。それとも、彼女が前に実家に帰ったとき、部屋に蠟燭《ろうそく》を手にした泥棒が入り込んだような話を聞いたが、そのときだろうか。もっとも、たしかあれは先週のことで――」

「ハーバート」フィルビー夫人は眉をひそめて……

（次回に続く――わけもなかろう）

（植草昌実　訳）

第二部　恋愛と寓話

メアリー
Mary

第二章のテーマは、ロマンス&メルヘンです。

分別ある大人を自任する方であるならば、第一章のクライム&ファンタジーよりも、遙《はる》かに怖ろしい物語だと御想像なさるに違いありません。しかし、心配ご無用。たとえば、この作品は、アンデルセンの「豚飼い王子」のようなシニカルな話に比べれば、健康な善男善女が恋に落ちる、遙かに微笑《ほほえ》ましい物語なのです。

勿論《もちろん》……この作者の場合、語られていない部分が重要なのですが。

昔、北ハンプシャーの小高い丘陵地帯にアファレイという小さな村があった（いまもあるかどうかはわからないが）。村人の家の庭にかならず一本ずつ植わっているという大きなリンゴの木が赤い実をつけ、とりたてのジャガイモが豆やキャベツ畑のあいだに並べられたころ、ひとりの若者がこの村にやってきた。

若者は小道を抜けて、ヘッジス夫人宅の木戸の前に行き、庭をのぞきこんだ。軽い咳《せき》ばらいが聞こえたので、豆を摘《つ》みとっていたロージーが振り向き、何かご用と垣根ごしに尋ねた。

「このあたりに、どこか泊めてもらえるところはないかと思って」若者は娘を見つめた。ほっぺはリンゴよりも赤い。髪は黄色くて、柔らかそうな感じがする。「ここに泊めてもらえたら、ありがたいんだけど」

ロージーは若者を見つめた。船乗りみたいな青いジャージーを着ているが、船乗りらしくはない。日に焼けた顔は、明るく、爽《さわ》やかだ。髪は黒い。なりはみすぼらしく、おどおどしているが、浮浪者とかでないことは一目でわかる。

「訊《き》いてくるわ」ロージーは言って、母親を呼びにいった。

ヘッジス夫人が出てきて、わけを訊くと、若者は答えた。「一週間ほどアンドーヴァーの町の近くにいなきゃいけないんです。でも、町には泊まりたくないので……」

「ベッドはあるわ。特別な食事はつくってあげられないけど」

「いいんです。どうかお気遣いなく」

話はすぐにまとまった。ロージーは一握り余分に豆を摘み、食事の用意は一時間もしないうちに整った。若者はフレッド・ベーカーと名乗ったきり、遠慮して何もしゃべらないので、ヘッジス夫人はどういう仕事をしているのか教えてくれないかと言った。

「ええ」フレッドは夫人の顔をまっすぐ見つめて答えた。「ぼくはいままでいくつも仕事を変えてきました。でも、あるとき、こんなことわざを聞いたのです。〝食べ物を、さもなくば娯楽を〟これが成功の秘訣《ひけつ》ってわけです。それで、思いたったんです。ぼくはブタといっしょにドサまわりをしてるんです」

そんな仕事があるとは思わなかった、とヘッジス夫人は言った。

「それがあるんですよ。ロンドンでは珍しくない。ブタが稼いでくれるんです。字を書いたり、数をかぞえたり、算数をしたり、質問に答えたりして」にこっと笑って、

「でも、メアリーにはかなわないだろうな」

「それって、ブタの名前？」と、ロージーが訊いた。

「そう。ぼくはそう呼んでいる。観客の前ではゾラだけど。フランス風にきどってね。でも、幌馬車《ほろばしゃ》のなかでは、メアリーさ」

「じゃ、あなたは幌馬車のなかで暮らしてるの？」ロージーはおもちゃの家を想像して楽しそうに訊いた。

「そう。あいつにはあいつの寝床があり、ぼくにはぼくの寝床があるんだよ」

「あら、いやだ」と、ヘッジス夫人は言った。「ブタといっしょに寝てるの？」

「ちっとも汚いことはありませんよ。付きあえば、人間と少しも変わりない。でも、いつまでもドサまわりじゃ、あいつがかわいそうだ。ここだけの話だけど、いずれはロンドンの大劇場の人気者になりたいと思ってるんです。そう、ウエスト・エンドで一旗あげるんですよ」

「すてきだわ、幌馬車暮らしって」ロージーは思いいれたっぷりにつぶやいた。

「そりゃもう。天幕、鉢植えの花、小さなコンロ。慣れちゃうと、ホテルになんか泊まる気はしない。でも、メアリーの将来も考えてやらなきゃならないから。あれほどのブタはめったにいない」

「大きいの？」

「大きさじゃない。頭のよさとかわいらしさが群を抜いているんだよ。頭のよさという点じゃ、荷馬車いっぱいの猿が束《たば》になってかかっても勝ち目はないだろうね。きみもきっと気にいると思うよ。あいつもきみが好きになるはずだ。間違いない。同じ女の子どうしだからね。じつは、ぼく、あいつとどんなふうに付きあったらいいかわからなくなることがときどきあるんだ。女の子と付きあった経験なんて一度もないから」

「嘘《うそ》でしょ」と、ヘッジス夫人はからかうように言った。

「ほんとですよ。子供のころからあちこちを転々としてるんです。クズかごや箒《ほうき》、ナベやカマ、曲芸道具なんかを持って。いまはメアリーもいる。ひとつところに二日といたためしはありません。だから、女の子と知りあいになれる機会なんてとても……」

「でも、ここには一週間いるんでしょ」ロージーはさらりと言った。言ってから、頬をそれまでの百倍も赤くした。母親に睨《にら》みつけられて、たしなみのなさに気がついたのだ。

でも、フレッドは何も気づかなかった。「うん、一週間いるつもりだよ。というのは、アンドーヴァーの町の広場でメアリーの足に釘《くぎ》が刺さってね。興行を終えたあと、倒れてしまったんだ。それで、いまは獣医さんのところに預けてある」

「まあ、かわいそうに！」と、ロージーは叫んだ。

「一時はどうなることかと思ったけど、傷は順調に回復しているようでね。この機会に幌馬車を修繕し、それからまた旅に出ようと思っている。明日、見舞いにいこうと思ってるんだけど、どこかにクロイチゴがとれるところはないかな。おみやげに持っていってやりたいんだ」

「ゴーズリイ・ボトムに行けば、大きくて、甘いのがとれるわ」

「そりゃ、いい。場所を教えてくれたら……」

「ロージー、もし時間があるようなら、明日の朝そこへ連れていってあげなさい」へッジス夫人はあきらかに若者に好意を持ちはじめていた。

もちろん、時間はあった。翌朝、フレッドはロージーに連れられて、クロイチゴをとりにいった。そして、その日の午後、アンドーヴァーから帰ってくると、メアリーはおいしそうに食べたと報告し、口がきけたら丁寧にお礼をいっただろうと言った。動物がお礼をいうなんて、なんて感心な。その日から、ロージーは毎朝フレッドといっしょにクロイチゴをとりにいくようになった。

そのときにフレッドはメアリーのことをいろいろ話し、幌馬車や自分自身のことはほんの少しだけ話した。彼はしっかり者で、知識も豊富だけれど、信じられないくらいうぶで、内気だった。きっと清らかな心の持ち主なのだろう。

一週間はあっという間に過ぎ、最後のクロイチゴ摘みもたちまちのうちに終わってしまった。アファレイの村も、そこで過ごした楽しい時間も決して忘れない、とフレッドは言った。

「旅先から絵葉書を出してね」

「もちろん出すとも」

「約束よ」

「うん、約束する。別れるのは辛いけど、いつまでもここにいるわけにはいかないからね。とにかくすぐに絵葉書を出すよ」

ロージーは目をそらせて言った。「できることなら、手紙のほうがいいんだけど」

「いいとも。手紙のおしまいになんて書こうかな。もしきみがぼくの恋人なら……でも、実際はそうじゃない。ぼくには恋人なんていない。いたこともない」

「なんて書くの？」

「もしきみがぼくの恋人なら……」

「なあに？」

「なんて書こう。なんて書くと思う？　もしもきみがぼくの恋人なら……いいかい、もしもだよ」

「いいわよ。教えてちょうだい」

「ちょっと言いにくいなあ」

「だいじょうぶ。気にしないで」

「わかった。いいかい、これはあくまで仮定の話だよ」フレッドは木切れで地面にバッテンを三つ書いた。たくさんのキスを、という意味だ。

「恋人どうしなら、ちっとも悪いことじゃないと思うわ。わたしたち、もう子供じゃないんだもの」

　ふたりはもう何にも言わなかった。理由はふたつ。ひとつには言えなかったから、もうひとつには言う必要がなかったから。ふたりは息苦しいまでの幸せに顔を火照《ほて》らせながら歩きはじめた。

　ヘッジス夫人は最初からフレッドに好感を持っていたが、だからといって、幌馬車暮らしを好ましいものと思っているわけではなかった。このような通りすがりの若者からいきなり娘をくれと言われたら、誰だって卒倒するくらいびっくりするだろう。

でも、ひとは中身だ。フレッド・ベーカーが好青年であることは、片目をつむって見てもわかる。なみはずれて慎み深く、生まれたばかりの赤ん坊のように無邪気なのだ。それに、村の物知りたちの話を聞くと、ブタのメアリーに寄せる思いも、納得がいく。動物によっては、大都会の最高級ホテルの真っ白なシーツの上で眠り、ミルクがわりにシャンペンを飲み、週に十ポンドも二十ポンドも稼ぐものもいるらしい。

それで、ヘッジス夫人は笑って承諾し、ロージーは晴れてフレッドのいいなずけになった。冬のあいだ、彼は一生懸命お金をため、彼女は歌を口ずさみながら針仕事に精をだす。そして、春が来て、彼が戻ってきたら、結婚式をあげる。

「三月のイースターに」と、フレッドは言った。

「いいえ」ヘッジス夫人は指おりかぞえながら答えた。「五月になさい。たとえ幌馬車暮らしでも、ひとから後ろ指をさされないようにしなきゃいけないわ」

どういう意味か、フレッドにはまったくわからなかった。年ごろの若者なら当然知っていなければならないことだが、長いことひとりで暮らしていたので、教えてくれる者がいなかったのだ。きっとアファレイの村ではそういうしきたりになっているのだろう、仕事をしていれば時間はすぐに過ぎる、そう自分に言い聞かせて、フレッドは旅に出た。

愛《いと》しのロージー
土曜日の夜にはイーブシャムで大あたりをとり、いまはペインズウィックにいる。メアリーはどんどん賢くなっていく。今日も新しい言葉を四つ覚えた。それで、理解できる言葉は三十六個になった。ぼくがイーブシャムなりペインズウィックの町はどうだいって訊くと、ダ・イ・ス・キという字を拾うんだ。元気もいい。きみも元気に過ごしていると思う。とにかく、メアリーは人間のように毎日新しい言葉を覚えていく。おっと、夕食のしたくにかからなきゃ。ぼくが手紙を書きはじめると、いつもうるさくせかすんだよ。

心より愛をこめて
フレッドＸＸ

五月、リンゴの花がいっせいに花をつけたとき、ふたりは結婚した。この地方には、リンゴの花の下で結婚式をあげると、幸せな日々が約束されるという言い伝えがある。結婚式が終わると、ふたりはバスに乗って、馬小屋の前の空き地にとめてある幌馬車をとりに町へ向かった。その途中、フレッドはちょっと待っていてくれと言って、道ばたの菓子屋に飛びこんだ。店から出てきたとき、手に大きなチョコを持っていたので、ロージーは大喜びだった。

「わたしに?」

「そう。初対面の際にメアリーにやってほしいんだ。あいつはチョコに目がなくてね。そうすれば、きみたちは仲良くなれる」

「わかったわ」ロージーは世界一気だてのいい女の子だった。

馬小屋の前の空き地に入ると、たしかに幌馬車がとまっていた。

「まあ、すてき!」と、ロージーは思わず叫んだ。

「さあ、ご対面だよ」

主人の声を聞いて、幌馬車のなかから甲高い鳴き声があがった。

「ただいま、かわいこちゃん」フレッドは言って、幌馬車の扉をあけた。「こちらがぼくの新しい友人だ。これからきみの世話をしてくれる。ほら、きみの好物を持ってきてくれたよ」

ロージーが見たのは、かわいらしい首輪をつけた、中くらいの大きさの、人間と同じような肌の色をした、きれいなブタだった。ロージーがチョコをさしだすと、もぐもぐ食べたが、少しも嬉《うれ》しそうな顔をしていなかった。

馬を幌馬車につなぐと、すぐに出発し、一行はなだらかな丘を西へと進んだ。フレッドは御者席、ロージーはその隣にすわり、メアリーは昼寝だ。

　空に夕焼けがひろがり、幌馬車が丘のいただきの森にさしかかると、そこで一夜をあかすために草深い脇道《わきみち》に入った。フレッドはコンロに火をつけ、ロージーはジャガイモの皮をむきはじめた。ジャガイモはメアリーの好物なので、皮をむくのは一苦労だった。それがすむと、特大のライス・プディングをオーブンに入れ、ようやく食事のしたくができた。

　フレッドはテーブルをしつらえて、三カ所に食器を並べた。

「嘘でしょ」と、ロージーは言った。

「何が？」

「わたしたち、ブタといっしょに食事をとるの？」

　フレッドは真っ青になり、ロージーを幌馬車の外に連れだした。「駄目だよ、あんなことを言っちゃ。嫌われるよ。見ただろ、あいつがどんな目をしていたか」

「ええ、見たわ。でも、だからといって……わかったわ、フレッド。気にしないようにする。でも、ちょっと……」

「だいじょうぶだってば。きみは普通のブタを想像しているんだろ。あいつはそうじゃない」

たしかに行儀は悪くなかった。ただ食事をとりながら、艶《つや》やかな麦わら色のまつげの下から、とても変な目で何回かロージーを睨んだだけだった。そして、鼻の先でライス・プディングを突っついただけだった。

「どうしたんだい、かわいこちゃん」と、フレッドは言った。「砂糖が足りなかったのかい。我慢おし。誰だって最初からそううまくはつくれないよ」

メアリーが気むずかしげにしゃっくりをしながら寝床に戻ると、ロージーは言った。

「お月さまを見たいわ。外に出ましょ」

「わかった。すぐ帰ってくるよ、メアリー。だいじょうぶ。脇道の木戸の前までしか行かないから」

メアリーは不満げに鼻を鳴らして、壁のほうを向いた。

ふたりは表に出て、木戸によりかかった。少なくとも、月はあるべきところにあった。

「不思議だわ。わたしたち、結婚したのね」

「そうだよ」

「覚えているかしら。あなた、あの日、地面にバッテンを書いたでしょ」

「覚えているとも」

「手紙に何を書いたかも？」

「うん。一字一句覚えている」

「あれはキスって意味でしょ」

「そうだよ」

「でも、結婚してから、わたしたち、まだ一度もキスをしていないわ。キスをしたくないの？」

「そんなことはない。でも、わからないんだ」

「何が？」

「そのことを考えると、とっても変な気持ちになる。まるで……」

「まるで、なあに？」

「なんていうか、きみを食べちゃいたいような」

「試してみたら」

甘美な瞬間――と、そのとき、幌馬車から甲高い鳴き声があがり、フレッドは鉄砲に撃たれたみたいに飛びあがった。

「いけない！　あいつ、ぼくたちのことを心配しているんだ。いま行くよ、かわいこちゃん！　いま行くからね！　そろそろ寝る時間なんだ。毛布をかけてやらなきゃ」

メアリーが毛布をかけてもらう様子を、ロージーはそばに立って見ていた。

「明かりを消そう」と、フレッドは言った。「メアリーはたくさん眠るんだ。頭脳労働者だからね」

「わたしたちはどこで寝るの？」

「今朝、きみのために寝台をきれいにしておいた。ぼくは地面に麦わらを敷いて寝る」

「でも……でも……」

「どうしたんだい」

「いいえ、なんでもないわ」

床についてからしばらくのあいだ眠ることができず、ロージーは思案をめぐらせた。フレッドは長年ひとりで慎ましやかに生きてきた。いろんなことを知ってるけど、とても純真で、ちっともすれていない。駄目だわ。とても言いだせない。

うとうとしかけたとき、悪魔のバグパイプのような音が響き、ぎょっとして目をさました。メアリーの鳴き声だった。

「どうしたんだい。だいじょうぶかい」幌馬車の外から、ハムレットのなかの亡霊のようなくぐもった声が聞こえた。「悪いけど、メアリーにミルクをやってくれないか」

ロージーはミルクを鉢に注いだ。メアリーがおとなしくしていたのは、ミルクを飲んでいるあいだだけで、明かりを消したとたん、まえより百倍も大きな声でまた鳴きだした。

下のほうからゴソゴソいう音が聞こえ、フレッドが下着姿のまま、麦わらのついた頭を戸口に突きだした。

「やっぱりぼくがついてなきゃ駄目みたいだね」

「あ、あの……あなた、ここで寝たら」

「えっ？　じゃ、きみは外で寝るの？」フレッドはびっくりして訊いた。

ひとしきり考えてから、ロージーは答えた。「ええ、わたしは外で寝るわ」

フレッドは気の毒なくらいすまなそうにしていた。ロージーは微笑《ほほえ》んで、外に出ると、麦わらの上に身を横たえた。

朝の目覚めはよくなかった。メアリーがたくさん食べるので、朝食づくりはまた一苦労だった。そのあと、フレッドに幌馬車の脇に連れていかれた。

「このままじゃいけないことはわかってる。きみを浮浪者みたいに地面に寝かせるわけにはいかない。それで考えたんだよ。また曲芸を始めたらどうだろうって。以前やってたんだよ。とんぼがえりとか、二重宙がえりとか、ちょっとした奇術とか。腕には自信があるし、嫌いでもない。ただメアリーの世話が大変だったので、これまでは練習する時間がとれなかっただけでね。きみがあいつの面倒をみてくれたら、出し物を二倍にできる。お金もすぐにたまる。そうしたら――」

「そうしたら、なあに?」

「そうしたら、トレーラーを買える」

「そうね」ロージーは言って、顔をそむけた。また前を向いたとき、その顔は真っ赤になっていた。「あなたはブタのことならなんでも知っている。宙がえりや奇術のことも知っている。でも、ひとつだけ知らないことがあるわ」そして、走り去り、垣根の後ろで泣いた。

でも、いつまでも泣いてはいられなかった。しばらくして気をとりなおすと、幌馬車に戻って、フレッドからメアリーの世話の仕方を教わった。朝の水浴、脱毛(手でやるのはとてもむずかしい)、クレオパトラ美顔クリームで全身マッサージ、お化粧、脚の艶出《つやだ》し、マニキュア。

嫌悪感をおさえて一生懸命やったので、侍女の仕事はすぐにマスターすることができた。メアリーもそれに満足しているようなので、ロージーはひとまずほっとした。メアリーの目が意地悪そうに光っていることに気づいたのは、もう少しあとになってからのことである。

けれども、深く考えているゆとりはなかった。メアリーの身じたくがすめば、すぐ昼食の準備にとりかからなければならない。昼食がすめば、散歩に連れていってやらなければならない。土曜日には午後の興行もある。散歩のあとの休憩時間には、背中を撫《な》でながら話をしてやらなければならない。つづいて、マッサージ。お茶。二度目の散歩。場所によっては夜の興行。それから夕食の準備。そして、一日の終わりには、粗末な麦わらの寝床に丸くなって眠るだけ。

上の寝台で眠っているフレッドの無邪気さを考えると、胸が張り裂けそうになった。それでも、彼を心から愛しているのだ。一時間でもふたりだけの時間を持ち、キスをすることができたら、底なしの無邪気さという闇《やみ》に明かりをともせるかもしれないのだが。

けれども、そうはならなかった。今日こそはと毎日思うのだが、いつもメアリーに邪魔されるのだ。フレッドを散歩に誘おうとすると、いつも鼻を鳴らして、ああしろこうしろと要求するので、結局その日は夜遅くまで、憎たらしいブタに付きあわなければならない。

一方のフレッドは曲芸の練習に余念がない。脇目もふらずにがんばっている。でも、なんのために？　そう、トレーラーを買うために。

日に日に、ロージーは横暴なブタの完全な奴隷になっていった。背中は痛み、手にはあかぎれができていた。自分自身が身づくろいをする時間も、愛する夫とふたりだけで過ごす時間も、まったくなかった。服は汚れ、擦り切れ、笑みは消え、やりきれなさは募るいっぽうだった。髪はもつれ、からまっていたが、櫛《くし》を入れる時間もなかった。

思いのたけをぶつけようとすると、ついやつあたりになってしまう。フレッドが優しい言葉をかけてくれても、気慰みのようにしか聞こえず、いつもそっけない返事をかえしてしまう。そのせいか、いつしかそういった言葉もかけてくれないようになり、ロージーはもう愛されても、さらに悪いことには、愛してもいないと思うようになった。

こうして夏が過ぎ、辛い毎日が続いた。このころには、誰の目にも、本物の浮浪者にしか見えなくなっていた。

クロイチゴがまた実をつける季節になり、ロージーは大きな茂みを見つけた。熟した実をひとつ口にふくんだとき、一年前の思い出が胸に満ちた。それで、急いで幌馬車に戻って、フレッドに言った。「クロイチゴが熟したわ。少し持ってきたから食べてちょうだい」

フレッドはそれを受けとり、口に入れた。どんな反応がかえってくるか、ロージーは期待して見守った。

「うん、よく熟れてる。これならあいつも喜ぶだろう。お昼がすんだら、あいつをそこに連れていってやってくれるかい」

ロージーは何も言わずに顔をそむけ、午後になると、メアリーを連れて、刈り株畑を越え、クロイチゴの茂みへ向かった。熟した実を見ると、メアリーは珍しく世話をやかせず、ひとりで食べはじめた。手持ちぶさたになったので、ロージーは川岸にすわって、しくしく泣きだした。

泣いていると、気づかわしげな男の声が聞こえた。顔をあげると、ひとのよさそうな太った農夫が立っていた。

「どうしたんだい、お嬢さん。お腹がすいているのかい」

「いいえ、うんざりしてるんです」

「なんに？」

「ブタにです」ロージーはしゃくりあげながら言った。

「だからと言って、泣くことはないだろ。ブタ肉ほどうまいものはない。それで、わしは毎日のように消化不良を起こしている」

「ブタ肉じゃないんです。ブタです。生きたブタなんです」

「ブタをなくしたのかね」

「それならいいんですど。本当に困りはてているんです。どうしたらいいかわかりません」

「話してみなさい。相談にのってあげられるかもしれないから」

で、ロージーは話した。フレッドのこと、メアリーのこと、失意の日々のこと、生意気で、わがままで、嫉妬《しっと》深いブタの奴隷になっていること。すべてを話した。どうしても口にすることができない、ひとつのことを除いて。

気のいい農夫はあっけにとられたような顔で、帽子を前にさげて頭を掻《か》いた。「とても信じられん」

「本当です。全部本当なんです」

「若い娘が——あんたのような若い美しい娘が、麦わらの寝床にひとりで寝てるなんて。正式に結婚しているというのに。さしでがましいようだけど、お嬢さん、それは寝台が狭いからなのか、それとも——」

「あのひと、なんにも知らないんです。赤ん坊と同じなんです。メアリーは片時もわたしたちをふたりきりにしてくれません。だから、いつまでたっても目覚めないんです」

農夫はまた頭をぼりぼり掻いた。娘の涙に濡《ぬ》れた顔を見れば、嘘だとは思えない。でも、ブタがそんなに抜け目なく、若い男がそんなにだらしないなんてことが実際にあるのだろうか。ちょうどそのとき、メアリーが茂みを通りぬけてやってきた。見るからにわがままそうな顔には、クロイチゴの汁がべったりこびりついている。

「これがあんたのブタかね」

「あの……わたしたち、散歩をしてたんです」

〝あんたのブタ〟という言葉を聞いて、メアリーが娘を居丈高に睨みつけたのを、目ざとい農夫は見逃さなかった。娘があわてて的はずれの返事をしたのを見ても、先ほどの話はやはり嘘ではなさそうだ。

「ほほう、散歩していたのか」と、農夫は思案顔で言った。「なるほど、そうか、そうか。それなら、明日この時間にもう一度ここへ連れてきなさい。わしもここへブタを連れてくる。この子ほどじゃないが、器量よしの牝《めす》のブタが二匹と、とびきり男前で、元気のいい牡《おす》のブタが三匹いるんだ。一匹は未婚で、王子さまと言っていい。あいつほど男ぶりのいいりっぱな牡ブタはいないだろうね」

「まあ」

「そうとも。外見、血統ともに申しぶんない。正真正銘の王子さまさ。じつを言うと、明日は彼らの誕生日でな。村へ連れていって、お祝いをしようと思ってるんだよ。予定がなければ、いっしょにどうじゃね」

「その時間はお昼寝をすることになってるんです」ロージーが言うと、メアリーは怒って鼻を鳴らした。

「それは残念じゃな。いっしょに来れば、うんと楽しめるのに。ごちそうもいっぱいある。甘いリンゴ、ケーキ、バケツいっぱいのアイスクリーム。ほっぺが落ちそうなものばかりだよ。量はたっぷりあるので、腹いっぱい食える。それに、若い牡ブタもいる。どういう意味かわかるな。ここに連れてきてやればきっと――」

「せっかくですけど」

「わかった。残念だが、仕方ない。じゃ、わしはここで失礼するよ」

農夫はお別れの挨拶《あいさつ》をし、メアリーに対しては礼儀正しく帽子をとった。メアリーは農夫が立ち去るのを長いこと見つめていたが、やがて不機嫌そうに鼻を鳴らしながら歩きはじめた。

　次の日の午後、メアリーはいつになくおとなしく寝台に横たわると、すぐに目をつむって眠りに落ちた。手があいたので、ロージーは手桶《ておけ》を持って、夕食用のミルクを買いにいった。戻ってきたとき、フレッドは道ばたで曲芸の練習をしていた。幌馬車の後ろへまわると、扉が開いていて、寝台はからっぽになっていることがわかった。

　ロージーはフレッドを呼び、ふたりであちこち探しまわった。車にはねられたのかもしれないと思って、道路も調べた。木の下で眠っているのかもしれないと思って、森のなかへも分けいった。池や排水溝も、干し草の山のなかも、橋の下も見てまわった。ロージーは農夫の話を思いだしたが、フレッドにはあえて何も言わなかった。

　ふたりは一休みもせずに夜どおしメアリーの名前を呼びつづけた。翌日も探した。そして夜が来たところで、ようやく諦《あきら》めた。ふたりは黙って幌馬車に戻った。

　フレッドは両手で頭をかかえて、寝台にへたりこんだ。

「たぶん戻ってこないだろう。誰かに盗まれたんだ。きっとそうにちがいない……あんなに期待していたのに……あんなに大事に育てたのに。それもこれも……たしかにあいつには欠点もあった。でも、それはあいつが芸術家だからだ。そういう気質だったんだ。あれだけの才能の持ち主は……こんなことになるなんて」

そう言って、泣き崩れた。

「お願い、フレッド。泣かないで」このとき、ロージーは以前にも増してフレッドを愛していることに気づいた。その横にすわり、首に手をまわして、繰りかえした。「お願い、フレッド、泣かないで」

「きみには辛い思いばかりさせてきたね。ほんとに悪かったと思ってる」

「いいのよ」

ロージーはキスをした。二度キスをした。こんなに親密になれたのはいつ以来だろう。いま幌馬車のなかにいるのは、ふたりだけ。まわりにあるのは、小さなランプと暗闇だけ。キスと悲しみだけ。

「もう少しこのままでいてくれるかい。すてきだ」

「もちろんよ」

「ロージー、わかるかい、ぼくがいま何を感じてるか……」

「わかるわ。何も言わないで」

しばしの時間がたってから、フレッドは言った。「ロージー、こんなすてきなことがあるなんて、ちっとも知らなかったよ」

「馬鹿ね」

「どうして教えてくれなかったんだい」

「だって……」

「メアリーが盗まれなかったら、いつまでも知らないままでいただろうね。いつまでも」

「メアリーのことはもう言わないで」

「つれないようだけど、いまはいなくなってよかったと思ってるよ。それ以上の見返りがあったからね。これからは曲芸に精をだす。掃除もするし、料理もつくる。きみのために」

「ええ。でも、見て。もう朝よ。あなたは疲れてるわ、フレッド。昨日あんなに野山を歩きまわったんだもの。横になって休んでいてちょうだい。わたしは村へ買いだしにいってくるわ」

「ありがとう。じゃ、明日はぼくが行くからね」

　ロージーは村へ行って、ミルクとパンを買った。肉屋の前を通りかかったとき、できたてのポーク・ソーセージが目にとまった。新鮮で、こってりしていて、とてもおいしそうだった。それを何本か買ってかえり、火にかけると、とてもいい匂《にお》いがした。

「これもあいつがいなくなったおかげだ」皿いっぱいのソーセージをたいらげたあと、

フレッドは言った。「あいつの気持ちを考えたら、豚肉なんて食べられないものね。盗まれてよかったとつくづく思うよ。あいつなら、新しい主人にもきっとかわいがってもらえるだろう」

「間違いないわ。もう少しいかが」

「頼む。久しぶりに食べたせいか、きみの料理の腕がいいからか、ソーセージがこんなにうまいと思ったことはないよ。あいつといっしょにロンドンへ行って、高級ホテルに寝泊りするようになっても、こんなごちそうにはありつけなかっただろうね」

（田村義進　訳）

眠れる美女
Sleeping Beauty

さああさああ、とざい東西。寄っといで。
お待ちかねのカーニヴァルは、見世物小屋の物語だよ。
これぞ、正真正銘の異形の愛。憑《つ》かれた男と眠り姫。
波瀾《はらん》万丈。神経衰弱。この世のものとも思われぬ、
血さえも流れぬ残酷劇《グランギニョール》。
覚悟のうえで、お入り下さい。
読後感なら保証します。

恋人、フィアンセ、あるいは妻といった存在を除いたら、エドワード・ラクストンはこの世で望むかぎりのものを持っていた。

彼は住み心地のよい小さな摂政時代（一八一一 一八二〇）風の家に住み、その象牙《ぞうげ》色の正面が、造園のためにあしらった二、三エーカーの池水に映っていた。さほど広くない邸園は苔《こけ》のような緑で被われ、木々にぐるりと囲まれていた。邸園の外には、イングランド南部の木々がうっそうと生い茂った幾つもの丘を越えて、彼の土地が広がっている。斜面の一部は耕地になっていて、深い森に抱かれている。農夫の家と一、二軒の小屋からは、青い煙が夕暮れの空にたなびいていた。

収入はごくささやかだったが、彼はよい趣味に恵まれ、それ故、この質素な生活に満足していた。夕食にはあっさりしたヤマウズラの蒸し焼きとエルミタージュワイン一びん、アップルパイそれにステルトン・チーズを少々。絵は大おじが遺してくれたコンスタブルの小さな風景画。猟銃は父親の旧式のオランダ銃だが、それが彼にぴったりと似合っている。飼犬は巻き毛のレトリバーで、赤茶色のが一匹と黒が一匹。この種の犬は今では時代遅れのものと思われており、また、彼の知人たちは、その飼主もご同様だとみなしていた。三十歳を過ぎて、洋服屋に去年と全く同じ型の背広を作らせるような年になりかかっていた。そして、友だちが海外へ行ってしまってからは、新たな友人を見つけようという気も起こらなかった。

彼はますます、自分の家のえもいわれぬ端正なたたずまいと、小高い台地にある農場の厳しいながらも豊潤な美しさに心を向けるようになっていた。だが、こういうものにはあまり熱中しないよう用心すべきなのだ。ほかの美しいものと同様に、風光の美も独占欲を持っていることがある。信じようと信じまいと、エドワードが彼を魅了する娘に出会った時、まわりの丘の一つはまるで焼きもちやきの飼犬さながらに、その樫《かし》の林の毛皮をまとった大きな肩を二人の間に突っ込んできたものだった。娘のくるぶしが弱く、化粧が濃すぎることを見抜いたからかもしれないが。年老いた召使いのしかめ面のように、飾り気のない牧夫小屋の正面はその陽気な娘をあまりに当世風すぎると見せたし、また、その小屋にあるしょぼくれた子ども部屋は、その若い娘を映画に出てくる尻軽《しりがる》女のように見せたものだった。

かようにしてエドワードは、夕食を終えるといつも一人ぼっちで腰をおろし、自分は世界でいちばん幸福な人間なのだと、わが身に言い聞かせるのを日課とするようになっていた。そんなある日、一通の手紙が彼のもとに舞い込んだ。彼のいちばん古い友だちからで、ニュー・メキシコの牧場でしばらく過ごさないかという誘いの手紙だった。自分は、望郷の念にさいなまれた長い不在の後で、わが家を見るという楽しみを味わったことがない、そんな思いがエドワードの胸をかすめた。彼は電報を打ち、荷物を詰め、出発した。

ニュー・メキシコに着くと、彼はこの州の美しい広大な風景に感嘆した。それにもかかわらず、まもなくエドワードは、かつてのわが家の小道の曲がり角——そこにいた時には特別に注意をはらったことがないようなごく普通の場所なのだが——を見たいという、苦しいほどの思いにかられだした。そして、招待してくれた友に別れを告げ、ニューヨークに向けて旅立つことになった。しかしもう少しこの地の風景を見てみたいと思って、買い求めた中古の車で出発したのだった。

道は、その当時乾燥地帯《ダストボール》と呼ばれていた地方の北の端に沿って続いており、風景を見ながら二、三時間車を走らせていると、目が変にかすんでしまうような感じだった。これは非常に危険な兆候であり、遠く離れた小道を夢見ている者にとってはなおさらのことだった。エドワードは四千マイル彼方のなだらかな曲り角を辿《たど》っていた。そして、はっと気づいた時には、車は人気《ひとけ》のない裏道にとまり、あばら骨に鋭い痛みが走り、助手席にはスイカが一つころがっていた。田舎の小さな店を車で突き抜けてしまったのだ。

「さあ、困ったことになったぞ」そうエドワードは思った。しかもすぐに彼は、自分がアーカンソーのヒーバーズ・ブラックにいて、損害を支払い、車を修理してもらうまで、ここに何日かとどまることになりそうだということにも気がついた。

ヒーバーズ・ブラックは、荒涼とした大草原のただ中で、暑さにうだっているような物寂しい町だった。痩《や》せた木々や傾いた道標や錆《さ》び付いた針金が、限りなく続く平原の折角の偉観を台なしにしている。土は乾涸《ひか》らびて吹き散らされ、畑には汚ない粘土のほか一草もなく、馬や牛の骸骨《がいこつ》がそこここにころがっている。空罐《あきかん》がいっぱい詰まった、なかば埋もれた細い川が、大きさも建材もみすぼらしい二、三百戸の掘立《ほったて》小屋の手前をちょろちょろと流れている。店の主人たちは鰐《わに》のような顔をしていて、ほかの住人はみんな蛙《かえる》のような顔と声をしている。

エドワードは葬儀屋の向かいにあるマーグラーズ・ホテルに荷物を置くと、すぐに表に出て看板を見なおした。それからホテルの食堂に入ってゆき、この町よりももっとすさまじいコンビーフのごたまぜ料理と向き合った——しかし、町を食べなきゃならないというわけじゃないのだから、そう思うと元気が沸いてきて、彼は中央通りをぶらついてみようと外へ出て行った。

ところが二、三ヤードぶらつくともう、自分はおかしくなっているんじゃないかとひどく不安になり、ホテルにもどって来てしまった。ここでもすぐに彼は、指の先を噛《か》み、もう一度外へ飛び出したいという衝動に震えている自分に気がついた。戸口に足を向けるや襲いかかってきた戦慄《せんりつ》と恐怖に、彼は胸倉を捕えられていた。「ここは」と彼は独りごちた。「閉所恐怖症と広場恐怖症に同時に苦しめられるところだ。今僕には、張出し玄関《ポーチ》の使い途《みち》がわかったし、揺り椅子《いす》の効果ってものが納得できる！」

彼は急いで、この気持を静める仕掛けの一つに身を沈め、二秒間隔でホテルの戦慄と街路の恐怖とのあいだを揺れていた。三日目の午前十一時頃になると、この療法ももはや効き目がなくなり、彼の内部で何かが崩れ落ちた。「僕はここから出ていかなきゃならない」彼は言った。「それも、今すぐにだ！」

金が届いた。罰金を払い、胸には包帯を巻いた。エドワードはそれから店の持ち主と話をつけなくてはならなかったが、補償金としては高すぎると思えたものも、身の代金と考えれば二束三文に思われるのだった。それを支払い、自由の身になると、車を取りに修理に出したガレージに出かけて行った。しかしそこで軽い失望を味わうことになる。ホテルにもどり、荷物をまとめ、勘定を支払った。

「次の汽車は何時にこの町を出るんだね?」と彼は尋ねた。

「八時です」ホテルの主人は事もなげにそう答えた。

腕時計をのぞいてみると、まさに正午。彼はホテルの主人を見つめ、それから道路の向かいの葬儀屋を見つめた。「八時間か!」彼は絶望に打ちのめされたしゃがれ声で言った。「いったい、何をしたらいいんだ?」

「時間をつぶしたいんなら」ホテルの主人が言った。「見世物《カーニバル》をのぞいてみたらどうです。一時からはじまりますよ」

一時きっかりに、エドワードは回転木戸の前に立ち、そこを通り抜けようとする彼を音楽の大音響が包み込んだ。

「我慢して」と彼は考えた。「余興をあんまり急いで見てしまわないようにしなくては。一時半には〝牛〟、二時に〝でぶ女〟、二時半に〝豚男〟、三時にはサーカスを見よう。〝扇踊り〟のグラマーを特に念入りに見てみよう。それを思い出していれば、五時半に見る〝お化けねずみ〟も耐えられるだろう。そして、六時半には、なんだか知らないが〝眠れる美女〟とやらを見る。そうすれば荷物を取ってくるのに三十分の間がある。そしてあとは、プラットホームに——そんなものがあるとして——立つ幸せな時間。汽車が遅れなきゃいいんだがな」

決めた通りの時間に、エドワードは〝双頭の牛〟の頭、〝でぶ女〟の脚、〝豚男〟の尻を、厳粛な面持ちで視察した。〝扇踊り〟の番になった時には、結構踊りを楽しんでいた。〝お化けねずみ〟を見つめ、お化けねずみもエドワードを見つめた。「僕は」とエドワードは言った。「八時の汽車で発つんだよ」お化けねずみは頭を下げ、顔をそらせた。

〝眠れる美女〟のテントにエドワードが近づいた時、ちょうど満員になろうとしているところだった。「さあ、入った入った！」呼び込みが大声で叫んだ。「目を覚ますことができない娘の魅力的な顔と身体。カーテンが今上がるところだよ。ナイトガウンにくるまって、五年間眠りっぱなし。ベッドの中でだよ！　ベッドの中だ、ベッドの中だ！」

エドワードは二十五セントを払い、混みあったテントの中に入って行った。ちょうどその時、外科医の白衣を着て首に聴診器を下げた人相の悪いやくざ風の男が、カーテンを引くように合図した。

低い壇が現われ、その上に病院用のベッドがあり、枕《まくら》もとには、看護婦《ナース》の制服でごまかした陰険な顔つきのあばずれ女が立っていた。

「ここにお目にかけるのは」にせ医者が声を張り上げた。「全世界の科学者の首をひねらせた奇跡でございまする」彼は愚にもつかぬ長口舌を続けていた。エドワードは枕の上の顔をじっと見つめた。まったく一点の疑いもなく、それは今までに見たうちで最も美しい顔だった。

「さて、皆の衆」座長は述べた。「とっくり御覧いただきたい。科学の名にかけても、この若い婦人が眠っており、しかも美しいと申し上げて嘘《うそ》いつわりはございますまい。夜昼かけて五年間、ずっと横たわったまんま。それではお尻も胸も、手も足も、縮まりしなびているだろう、そうお考えの向きのため――ナース、シーツをまくって御覧にいれなさい」

ブルドッグのように歯をむき出して笑いながら、看護婦は汚れた木綿のシーツを引き下げた。すき通ったナイトガウンをまとい、想像し得るかぎりの優美な小鹿《こじか》のような姿で横たわっている、この素晴らしい生きものの姿態があらわになった。

「もしも」とエドワードは思った。「僕の森や畑が、つりがね草やさくら草や野ばらやすいかずらの花にそのエッセンスを費してしまう代わりに、ただ一輪の花を咲かせるために何世紀ものあいだそれを貯えているとしたなら、これこそその花にちがいない」そして、ふだんは横暴で気まぐれな土地の守護神に、異を唱える機会を与えようとしばし待ってみた。しかし、なんの反対も聞こえてはこなかった。

「皆さん」忌まわしい興行師は話し続けている。「あらゆる科学の手をつくしても、この美しい若き婦人を五年間の深い眠りから目覚めさせることはかないません。なつかしい母御の膝《ひざ》の上で昔聞いた話を思い出していただきたい。〝魅惑の王子《プリンス・チャーミング》〟が現われてキスするや、『ううん』と小さく声を上げ、眠れる美女は目覚めたのであります」

「まちがいない。あのしょぼくれた小さな子ども部屋ができてからずっと、そこにきらめき消えていった数々のおやすみのキス、ろうそくのほのかな火影、夢と希望、それがみんな一つの天使のような存在に溶けあうとしたならば、彼女がまさにそうなんだ」そうエドワードは考えていた。

「よく御承知の通り、最高の治療を受けるにはたんとお金がかかります」興行師は話をついだ。「ベッドの横のテーブルにのっている皿に料金二十五セントを入れて下さればよろしい。どなた様でも、われこそはプリンス・チャーミングたらんとする方は、ここに上がってこられるよう準備いたしました。さあ、順番に並んだり並んだり。押しあってはいけません」

頭を振りつつ、エドワードは人を押しわけてテントを出、マーグラーズ・ホテルにもどると、怒りと羞恥《しゅうち》に押しひしがれて寝室に坐《すわ》っていた。「なんで僕が恥ずかしがらなきゃならないんだ？　あんなことをやめさせようと立ち上がらなかったからだろうか？　いやいや、そうじゃない」彼は言った。「そんなことは馬鹿げている。それに、何か……何か、むかむかするようなものがある。僕自身もあの娘《こ》にキスしたい——そうじゃない——そんなことは絶対ない！　汚ない、卑しい、卑劣なことだ！　しかし、それならなぜ、僕はあの口にするのもけがらわしい、見世物の所へもどっていこうとしているんだ？

ちょっと見るだけだ。今度はすぐに荷物を持って駅へ向かい、その上に腰かけて汽車を待つとしよう。そうすれば一時間のうちに、僕は家路についてることだろう。でも、僕の家ってなんなんだ？」彼は張りあげんばかりの声で言った。「なんのためにあるんだ？　あの娘を守り、住まわせるため、それに決まってるじゃないか。もし、ただ一度だけ彼女に口づけできれば、彼女の面影、彼女の夢、彼女の思い出、それを僕は唇の上にのせて家に連れ帰り、久遠《とわ》に一緒に暮らすことができる。そして、絶対に僕はそうするんだ！」

もうこの時彼は、客たちが舌なめずりしながら出てくる仮小屋の前に着いていた。「ありがたい」エドワードは独りごちた。「テントがまたいっぱいになるまでカーテンはおりているだろう。なんとか彼女と二人きりになれるよう頼んでみよう」

裏口を見つけて、テントの狭い端からもぐり込んだ。医者と看護婦はショーの合間の軽い食事をとっていた。

「入り口がちがうよ、あんた」医者が言った。「新聞記者じゃないんなら、あっちだ」

「ねえ」エドワードは言った。「二、三分、あの娘《こ》と、二人きりでいたいんだけど」

「うん？」エドワードの紅潮した顔と、切れぎれの言葉を推し量りながら、医者が言った。

「もちろん、お金は払うよ」とエドワード。

「サツよ――風紀班のイヌよ」抑揚のない声で、看護婦がそう決めつけた。

「いいかね、あんた」医者が言った。「そんな汚ない真似《まね》をして、商売を邪魔しようたってだめだぜ」

「僕はイギリス人だ！」エドワードは金切り声を上げた。「イヌのわけがないじゃないか？」

看護婦は、したたかな観察眼でエドワードをじっと吟味していた。「オーケー」とついに彼女は言った。

「オーケー、それだけか？」医者が言う。

「オーケー、百ドルだね」と看護婦。

「百ドル?」医者は言った。「いいかい、若いの。俺たちにも若い時があった。あんたはあの麗しい娘と秘密のインタビューを——あんた、たぶん新聞記者なんだろうが——したがってる。よろしい、百ドル、現金でだ。時間は——どうする、看護婦?」

看護婦はもう一度、エドワードをじろじろとながめまわして、「十分」

「十分」医者がエドワードに伝えた。「今晩十二時過ぎ、小屋を閉めてからだ」

「いや、今すぐにだ」エドワードは言った。「僕は汽車に乗らなきゃならないんだよ」

「へえ? どうしてあんたの言う通りにしなきゃならないんだい? だめだめ! この商売にも仁義があってな——ショーは続くんだ。出ていけ! 十二時だぞ。幕を上げろ、デーブ!」

エドワードは、人々が仮小屋の中に繰り込んで行く様を見つめながら、しばらく時間をつぶしていた。日暮れが訪れるとそこを立ち去り、悪臭を放つ小川の縁に坐りこんで腕の中に頭をかかえこんだ。そして半ば埋もれた黒っぽい川の水と同じように、時がのろのろと過ぎ去るのを待っていた。広大な、生気のない粘土質の土地にかかる夜は、不毛の熱気で重苦しく淀《よど》み、遠くには見世物市の灯がぎらぎらと輝き、黒々とした水はゆっくりと流れていた。

それでもやっと、灯火のきらめきが消えはじめた。少しは残っていたが、それも燻《いぶ》っている紙切れのように、一つまた一つ、またたきながら消えてゆく。エドワードは夢遊病者のように立ち上がり、市《いち》への道をもどって行った。

テント内に入っていくと、医者と看護婦は押し黙って、夕食をむさぼり食っているところだった。たった一つの明かりが、二人の色つやの悪い顔とにせの制服の上にふり注ぎ、彼らをろう人形か、生き返った死骸のように見せていた。が、一方、頰《ほお》を健康そうに染め、髪を優美に乱してベッドに横たわっているその娘は、何かの魔法でこの恐ろしい淀みに捕われ、助けを待っている爽《さわ》やかな風の申し子のように思われた。

「金はここにある」エドワードが言った。「どこで彼女と二人きりになれるんだい？」

「あのベッドをカーテンの向こうに押して行きな」と医者が言った。「こっちはラジオをつけておくよ」

エドワードはそこで初めて、自分自身と、自分の全生命と、その家とその土地とにふさわしい、たぐいまれな美しい娘と二人きりになった。彼はハンカチを湿し、彼女の唇からにじんだ口紅をぬぐいとった。

頭を透き通らせ、ネガのフィルムのように白くして、頰と唇の限りなく美しいまろみ、夢見るようなまつ毛や魅惑的な巻き毛の曲線の一つ一つを、その上にくっきりと写し取ろうとした。

突然、自分でも驚いたことに、涙で目が曇るのを覚えた。女神を写し取ろうとして頭の中は真っ白、そして今、彼の全身には娘に寄せる哀れみが溢《あふ》れていた。エドワードはかがみこみ、娘の唇に口づけした。

眠れる美女に口づけした者は、自分自身に目覚める運命にあった。エドワードはカーテンをはねのけ、出ていった。

「時間どおりだ」医者が満足そうに言った。

「いくらなら」エドワードが訊《き》いた。「あの娘《こ》を売ってくれるかね?」

「聞いたか?」と医者は看護婦に向かって言った。「あれを買いたいんだとよ」

「売りゃいいじゃないの」看護婦は言った。

「お前、あの娘を追っ払いたいんだ、そうだろう?」医者が言った。

「一万二千だね」と看護婦。

「一万二千ドルだって?」とエドワード。

「あいつはそう言ったぜ」医者が答えた。

これはあれこれ議論している問題ではなかった。エドワードは金を調達するように、彼の弁護士あてに海底電信を打った。金が届き、その晩、エドワードとその美しい被後見人はシカゴに向けて出発した。汽車を乗り継ぐあいだ娘を休ませるため、彼はシカゴでホテルに部屋をとった。手紙を何通か書き、それを出しに階下へ降りていくと、一組の男女がカウンターのそばに立っているのに気がついた。彼らは、非常に不愉快な感じをエドワードに与えた。

「このかたですよ」と受付係が言った。

「ラクストンさんで？」男が訊いた。

「私の娘は！」女は胸の張り裂けるような声で叫んだ。「私のかわいい子はどこ？私の子どもは！」

「これはいったいどういうことなんです？」

人気《ひとけ》のない小ホールのほうへ二人と一緒に移りながら、エドワードは叫んだ。

「人さらい、白人奴隷売買、それにマン・アクト（売春婦州間移送禁止法。一九一〇年アメリカで制定）違反だ」と男が言った。

「家具みたいに売りとばしたんだよ！」女が金切り声を上げる。「白人の奴隷みたいに！」

「マン・アクトってなんです？」とエドワードは尋ねた。

「女を——女房と娘は別だが——一つの州からほかの州に移すことさ。それがマン・アクトだ。二年の刑だぞ」

「あの娘が君の娘だって証拠でもあるのかい？」エドワードは食い下がった。

「聞きなよ、お利口さん」男は言った。「俺の故郷《くに》に連絡すりゃ、俺をよく知ってる半ダースもの人間がすぐに飛んで来てくれるぜ。地方検事にはそれで十分だろうさ。あそこの机のそばに立ってる男が見えるかい？　奴はホテル付きの刑事だ。ちょっと合図すればどうなるか」

とうとうエドワードは言った。「君は金が欲しいんだな」

「ロージーを返してもらいたいのよ」女は言った。

「二万はもらわにゃ」男が言った。「あいつが家族を養ってくれていたんでな」

しばらく、エドワードは彼らと言い争った。彼らの要求は二万ドルだった。彼はもう一度イギリスに海底電信を打ち、その後まもなくしてすっかり金を支払い、その代わりに、彼らが親としてのすべての権利を放棄し、エドワードをあの眠っている娘の本当の保護者に指定する旨の書きつけを受け取った。

エドワードは夢見心地でニューヨークまでやって来た。あの忌まわしい話し合いの際のいくつもの言葉が、彼の胸にくり返し浮かび続けていた。そして気がつくと、あれとそっくり同じ言葉が、あるいは非常に似通った言葉が、現実に彼に向かって投げつけられているのだった。みすぼらしいがきわめて事務的な顔つきの牧師が、彼をホテルのロビーに引き止めた。

牧師は、アメリカの若い女性について、純潔、彼の教区の貧しい二人の信徒、テネシー州の道徳規準、そしてスージー・メイと呼ばれる娘について長々と話をした。その背後には二人の人物が押し黙って立っており、彼らを見ていると、どんな人間も話す力をなくしてしまいそうだった。

「それじゃ、山地人《ヒル・ビリーズ》とかいう話は本当なんだね？」エドワードが訊いた。

「そういう呼び名は」牧師が言った。「適当ではありません。山国の――」

「それで、あの娘の――つまり二階にいるあの娘の――本当の名前はスージー・メイっていうのかい？　それじゃもう一組の両親てのはインチキだったんだ！　一杯食わされたってわけか！　そしてここにいる人たちもまた娘を返せと言っている。なんだってこうも次々と？」

「あなたの不道徳な行ないが」と牧師は言葉をついだ。「この三日間というもの、国じゅうの新聞をにぎわしているからですよ」

「新聞を読んでおくんだったよ」エドワードは言った。「この人たちは、あの娘を不潔な小屋へ連れもどそうとしてるんだ……」

「貧しいが」牧師は言った。「心清き人たちです」

「……そしてまちがいなく、通りすがりの悪辣《あくらつ》な興行師にまた彼女を売りとばすんだ」

エドワードは自分の意図の純粋さと、スージー・メイには充分な手当を施すつもりだということを詳しく説明した。

「ラクストンさん」牧師が言った。「母親の心がどんなものだか、考えてみたことがおありですか？」

「前の時は」エドワードは言った。「二万ドルということだったよ」

まちがっても洒落《しゃれ》などとばすものではない。たとえ絶望のどん底にある時でもである。男親の、山奥の洞穴のような深い口から、二万ドルという単語がごろごろとこだまし、そのしょぼくれた目は嫌なきらめきを帯びはじめた。

この時から、会話は単なる遊びにすぎなくなった。エドワードはしばらくひとりで歩き回りたくなって、席を離れることを求めた。

「これで僕の金は最後の一ペニーまでなくなってしまうだろう」そう彼は思った。

「暮らしを立てていく金もなくなるだろう。スージーにはすごく費用のかかる医者が必要だし。だけどまあ、いいさ。土地や家を売って、残るは番人の小屋だけになっても、彼女と一緒ならば幸せになれる。一年に四、五百ドルは入るだろうし、沢山の星々は前と変わりなく、囲《ぐる》りにはあの深い森があるんだ。よし、そうしよう」

だが、その通りにはいかなかった。売り急げば足下を見られ、所有地や家の美しさと価値につり合うほどの値段をもたらしてはくれないのだ。それに、法がらみの料金もかなり支払わなくてはならず、急がせるためには一つ二つの贈り物もしなくてはならなかったし、ホテル代や旅金の出費も大変なものだった。

すべてがかたづいてみると、エドワードは、自分の収入が年に二百ドルほどに減っていることに気がついた。しかし、彼には小屋があり、その上にはオリオンが高く輝き、美しい森がまわりを取りまいていた。彼は家の外をあちこち歩きまわり、小さな窓からろうそくの蜂蜜《はちみつ》のような黄色い灯が輝くのをながめ、この世の美のすべてがそこにおさまっているのを喜ぶのだった。こんな時、彼はこの世で一番幸せな男だった。

しかしながら、エドワードの幸せには一つだけ瑕《きず》があった。土地を買い取った男が食わせ者であることがわかったのだ。この男はどうひいき目に見ても、その土地にはふさわしくなかった。エドワード自身、この男に対していささか食わず嫌いのところがあったが、それにしても、この男は怒鳴りつけるような、自信たっぷりな大声でしゃべり、いつも流行の先端をゆく洋服を着こんで、人目につくマニキュアをした指には大きくて立派な印鑑つきの指輪をはめていた。容貌《ようぼう》は上品さに欠けていた。とはいうものの、エドワードが思った通り、たとえこの男が豚のような外見をしていたとしても、非常な金持にはちがいなかった。しかも、その財産を少しでも増やすということに、彼は血も凍るような意志をもっていたのだった。

自分が愛してきた土地のこの運命に比べれば、ほかのゴタゴタなどエドワードにとって大した問題ではなかった。彼の愛らしい娘は法律の庇護《ひご》を得ていたものの、それでも彼は、放蕩《ほうとう》者だとか、あきれた気まぐれ者だとか地方紙に書きたてられた。金持の親戚《しんせき》には絶縁を言いわたされ、はぶりのよくない親戚からは説教の電話が入った。また、狂信的な道徳信条を旨とするある婦人から、シェプトン・マレットの大通りで数回にわたって傘《かさ》でたたかれたこともあった。

そうこうしているうちに、熱心に尋ね回ったかいがあって、エドワードは、天才として知られるある内分泌学者を見つけだした。この天才には常軌を逸したところがあり、ロンドンでの大切な約束を反故《ほご》にして何度もスージー・メイを診にやって来てくれた。そんなもので、エドワードは勘定書きのことが気になってならなかった。

とうとう、ある日、狭い小さな階段を降りてきたこの医者は、袖《そで》についたくもの巣を払いのけながら、エドワードに満足そうにほほえみかけた。「いい知らせです」と彼は言った。「昨日、ウィーンのヴェルトハイマーから連絡がありましてね」

「といいますと？」心臓の高鳴りを押さえてエドワードが訊いた。「あの娘を目覚めさせる方法が見つかったんですか？」

「目覚めさせるばかりじゃない」専門家は言葉を続けた。「ずっと目覚めた状態にしておけるんですよ。これがその薬です。私の処方に従い、ヴェルトハイマーのところで調合したものです。見た目は普通の薬とかわりないでしょう。ですが内容は画期的なものなんですよ。レッテルに書いてあるように、朝の九時と夕方の六時に飲ませて下さい。いいですか、九時ごろとか六時ごろじゃだめなんですよ。正確でないとね。理解できましたね？」と医者は念を押した。

「わかりました」エドワードは答えた。「きっかり、その時間に飲ませます」

「さもないと、彼女はまたすぐに眠ってしまいますよ」断固たる調子で、医者はそうつけ加えた。

「で、いつ目を覚ますんでしょう？」エドワードが訊いた。

「一日か、まあ、二日ぐらいでしょうね」医者は答えた。「場合によっては、もっとかかるかもしれませんが」

医者はいくつかの細かい指示を与え、薬を飲ませる時間を厳守するように六回ほどくり返した後、もう一度袖についたくもの巣を払い落とすと、帰って行った。

エドワードはその後の二日間を狂喜のうちに過ごしたが、心配事がいくつかあった。一番の心配は、彼女が目覚めた時、全く知らない場所で見たこともない男と一緒にいる自分に気づいて、さぞびっくりするだろうということだった。そこで、昼間彼女のそばに付き添っている村の少女に、夜も付き添ってくれるように頼もうかと考えた。しかしながら、娘が目覚めた時に居合わすという、自らの権利を放棄するわけにはいかなかった。

二日目も三日目の夜も、エドワードはベッドの脇に坐っていた。寝不足のため目は充血し、目まいもしたが、娘のまぶたのかすかな動きを見逃してはならなかった。

三日目の夜が明けようとしていた。ろうそくのろうが流れ、火が消えた。窓は夜明けが近づいたためほんのり明るくなってきていた。曙光が小さな窓から差し入ってきて、ベッドの上に光を投げかけるのもまもなくだろうと思われる頃、眠れる美女はひとつ身動きをしたかと思うと、吐息をつき、目を開けた。その目はえもいわれぬほど美しく、エドワードをじっと見つめた。

「ああ！」スージー・メイはかすかな声を上げた。

「やあ、気がつきましたか」エドワードが言葉をかけた。「ええと……つまり……びっくりしておいでてでしょう?」

「ここはどこ? どうしてあたしはこんなところにいるの?」ベッドに起き上がって、この愛らしい客人は尋ねた。彼女は額をこすっていた。明らかに、記憶を呼びもどそうとしているみたいだった。そして、「意識を失っていたんだわ」とつぶやいた。それから、エドワードを非難するようにながめやった。「そのあたしをあんたがこんなところに連れ込んだのね?」

「とんでもない」エドワードはどぎまぎしながら言った。「それはまったくの誤解ですよ」

「そうかしら」若い娘は答えた。「もしちがったら、あんたとんでもない大金を……?」

「僕の話を聞いて下さい」エドワードは頼んだ。

彼はことの成り行きを説明した。

「わかったわ」彼の話が終わると、スージー・メイが言った。「それであんたは、ショーからあたしを連れ出し、こんな汚ない所に連れてきたのね?」

「でも、君、君は眠ってたんだぜ。病気だったんだよ……」エドワードは思い出させた。

「ふん！」彼女は鼻を鳴らしてみせた。「あたしはちゃんと目を覚ましたわよ。ショーがハリウッドでヒットしたらすぐにもね。それで、あたしはどうすればいいの？」

「答えは簡単さ」エドワードが言った。「まずは、きちんと食べること。おなかがすいてるはずだからね。それから二、三日歩き方の練習をする。じゃないと、残りの人生を坐ったきりで過ごさなくちゃならないよ。自分で自分のことができるようになったら、二人して君の身の振り方を考えよう。その頃には、今よりずっとよく、ここのことも僕のこともわかっているだろうからね」

エドワードは自分でもびっくりするような力のこもった調子でそう言った。いくらか鼻っ柱をくじかれたスージーは、目覚めてからの最初のにぎやかな印象に疲れたのか、何も答えず、かわいらしいまぶたを伏せると昼間のまどろみに落ち込んでいった。

彼女を見つめているうちに、エドワードは、無残に砕かれた自分のやさしい感情がまたもどってくるのを感じた。

「僕は今」と彼は考えた。「この娘が幼少期に受けた心の傷を見たんだ。哀しい表面のずっとずっと下のほうに、あの愛らしい顔にふさわしい心があるにちがいない。眠っているのはその心なんだ。だから、目覚めさせるってことは至難のわざなんだ」

それからというもの、彼は自分の仕事に身を入れ、暖かい愛情で彼女を包むことに専念した。むずかる子どもの手に次から次へとおもちゃを与えるように、微笑を、花を、やさしい言葉を、ロンドンから特別に送られた米国製の煙草《タバコ》を与えた。彼女のために釣った鱒《ます》の風味を味わわせ、九月の蜜蜂の巣の香気をかがせ、雨あがりの陽光を受けてダイヤモンドよりも輝いて見える、窓ガラスに残った水滴の美しさに注意を向けさせた。

たとえどんな皮肉屋がそんなことは時間の無駄だと説教したところで、エドワードは驚くべき論理でもって次のように答えただろう。

「あの顔を見たまえ！　この大地にぴったりだと思わないかね。当然だよ。ここで生まれたんだからね。十八世紀のイギリスの面影を残したまま、ケンタッキーのカンバーランド山脈ですやすやと眠り続けていたんだ（そう、二、三百年の長きにわたってね）。そう考えれば、この娘の眠れる魂は自然美の秩序と一致していると言えるじゃないか。この娘が目覚める時、彼女は母なる大地と呼応するんだ。彼女を森へ連れてゆくまで待っていてくれたまえ」

日は過ぎていった。娘の体力は急速に回復し、庭の小道を歩けるまでになった。庭では遅咲きの花々が、彼女の注意を引こうと小首をかしげていたが、娘は目もくれようとしなかった。遂に娘の体力は、エドワードが彼女の腕を取り、かつて自分のものであった大きな森に連れて行けるまでになった。

二人は、兎《うさぎ》にところどころかじられた緑のビロードのような芝生の上を、一マイルほど歩いて行った。両側にはぶなの大木が壁のように連なっていた。その奥には細い木々が、銀色の薄やみの中で樹木の精に敬意を表すかのように静まり返っている。もっと奥では――昔彼の家が建っていたところであるが――ぶなの林が、青銅色をして、地衣《ライケン》におおわれた大きな樫の林へと姿を変えている。エドワードは娘を促し、やなぎ草とわらびが生い茂る林間の空地をのぞかせた。兎が四方にあわてて逃げだした。野兎はなん度も後ろを振り返りながらぴょんぴょん跳ねて行った。銅色のきじは、長い尾をざわつかせ舞い上がった。小屋までの道すがら、大きなきつつきが、何かとんでもない愉快なことがあったみたいに、木をしきりにつついてまわっていた。

そのあいだじゅう、エドワードはほとんど何もしゃべらなかった。娘が何を感じているのかと、顔をのぞくこともしなかった。小屋の入口までもどって来て初めて、彼女の手を取り、目の中をじっとのぞき込んで尋ねた。「どう、気に入った?」

スージーは答えた。「ひどいもんだわ」

エドワードは一瞬、気を失うほどの激しい無念の思いに襲われた。ようやく正気を取りもどして目をやると、スージーは、毛を逆立てたねこのような格好でちぢこまっていた。エドワードの右手が、威嚇するように空中に上がっていたのだ。彼は手を引っ込めて、「こわがることはないよ」と、声を殺して言った。「僕は女性をぶったりしないからね」

　スージーはその言葉を信じたのか、へつらう様子もなく、あんたがそんな男だとは思っていないと言った。妙なことに、彼自身のほうがその点では自信がもてなかった。良心がとがめるあまり、スージーの言葉をほとんど聞いてもいなかった。六時に薬を与えて、小屋を後にした彼は、追われる男のように暗闇《くらやみ》に包まれ、強い風の吹き抜ける丘を越えて行った。ものすごいスピードで数マイルも歩くと、心の中の混乱も少しは和らぎ、次の結論に達した。

「僕のこの怒りは、彼女が僕の行動規範――時には無力な女をぶつこともあるっていう男のおきて――を本当にしなかったことにあるんだ（あの時、僕は嘘をついたのに）。となると、なすべきことは一つしかない」

　人生においてたった一つしかやることがないというのは、きわめて不快なことであり、かつ悲しい結果に終わることが多い。次の日、エドワードは通いの女中に一晩、スージーに付いていてくれるよう言いつけると、自分は弁護士に会うために町へ出かけて行った。

「僕の財産を全部売ったらどれくらいになりますか?」いくらか甲高い声で、エドワードは尋ねた。

「あなたが今住んでおられる所も含めてですか?」

「そうです」

弁護士はファイルを調べて、用箋《ようせん》の上でざっと計算し、四千ポンドから五千ポンドのあいだになるだろうと告げた。

「では、処分します」そう言うと、エドワードはいさめの言葉には耳を貸さずにホテルへもどり、次の日、汽車で帰って来た。

小屋の近くに来た時、スージーが森に通じる小道を歩いてくるのが見えた。頰は赤らみ、目は輝き、髪の毛がいくぶん乱れていた。

「どうしたんだい?」エドワードが声をかけた。「まさか森に行ってたんじゃないだろうね!」

「ほかにどこか行くとこでもあるの?」彼女は言い返した。

「なかにお入り」エドワードが言った。「ほか、のどこかのことを話してあげるからね。ハリウッドへ行くというのはどうだい?」

「ほんと？」彼女はびっくりしたように尋ねた。「あんたは破産したんだとばかり思ってたけど」

「残ったものを処分するんだ」エドワードが言った。「それでもあんまり長くは、それも裕福には暮らせないがね。でもそうするのが君に一番いいようだし、それならそうしたほうがいいと思ったんだ」

スージーはしばらく黙っていた。「あーあ！」とうとう彼女はこう言った。「あんたが一文なしになるなら、だめよ！」

スージーのものわかりのいい返事に驚きながら、エドワードは気が変わった理由を説明しようとした。しかし、その言葉をさえぎって、「いいのよ」と彼女は言った。「あたしはここにいるわ。とにかく、もうしばらくはね」

エドワードはこの言葉を、絞首台からではないにしても、流刑からは免れた罪人のような気持で聞いていた。「何があったんだい？」彼は叫んだ。「二人ともがまったく逆のほうに気持を変えるなんてことがあるんだろうか。ああ、君は森に行ってたけど、そこで何かあったのかい？」

「ああ、うるさい」彼女は怒ったように言った。「いったい何をしゃべってるかわかってるの？」

「わかってるさ」彼は言った。「こういった感情はデリケートで個人的なものなんだ。人と話したりしないほうがいいような、目をつぶって手探りするようなものなんだね。たとえば、今日僕が一緒にいたら、君はまたちがった感じ方をしてただろうね。月曜日に僕が一緒だったのは誤りだった。そんな感情を君とわかち合おうとしたのがまちがってたんだ。これからはひとりで出かけるといいよ」

その後、午後になるといつもスージーはひとりで森に出かけ、エドワードは家に残っていた。もどって来た時の彼女は、それまで以上にかわいらしく、楽しそうだった。「森が僕の代わりをしてくれているんだ」とエドワードは考えた。彼の想像力は、犬のように彼女の後をついて行った。木洩れ陽《こもれび》の中に、大樹の陰にいる彼女を思ってみた。小川で水遊びをしたり、しだの葉を扇のように使ったり、きいちごの実を口にふくんだりしているのだろうか。とうとう、エドワードはこうしたかわいらしい彼女を自分の目で実際に見ずにはいられなくなり、ある日、こっそりスージーの後をつけて行った。

かなりの間隔を保って後を追いながら、スージーが足を休めた時に静かに近づこうと思っていた。が、彼女は立ち止まるどころかますます歩調を早め、ついには走りだしたため、しばらく姿を見失ってしまった。かけすがやかましく鳴いている場所まで道を急いだが、どこを見ても彼女の姿はない。と、急に、スージーの笑い声が聞こえた。「彼女はずっと僕に気づいていたんだ！」と彼は思った。

　スージーの笑い声は低く、甘く、エドワードの心臓は高鳴った。声は近くの小さな谷間から聞こえてきた。その谷は森の端で土がくずれてできたものだった。手を広げて、彼を見上げているスージーを期待しつつ、いやあえて期待はしなかったが、エドワードは谷の上端にゆっくりと近づいた。小枝をかきわけ、下を見た。確かに彼女はそこにいた。手も広げていた。しかし、その手は、彼の隣りに住んでいるあの肥満体のいやらしい男を抱くために広げていたのだった。

　エドワードは静かにその場を離れ、小屋にもどって来た。そこで、スージーの帰りを待つことにした。かつてないほどかわいらしい笑みを浮かべたスージーがもどって来たのは、だいぶ遅くなってからだった。

「にやにやするんじゃない」エドワードが叫んだ。「僕を裏切っておきながら、よくもしゃあしゃあと……」

　スージーは悪びれもせず、「何さ、あんたこそひとの後をつけまわしたりして」とすかさず応酬し、その後の会話はすさまじいものとなった。エドワードが我を忘れておどし文句を二、三口にすると、男がついていると思うからか、エドワードをさらにいきり立たせるような嘲笑《ちょうしょう》で答えた。

「あの人はロンドンで大きな映画会社を持ってるのよ」とスージーは言った。「あたしを映画に出してくれるって言ってたわ」

「おまえは忘れちまったのか」エドワードが怒鳴り返した。「契約書を持っているのはこの僕なんだぞ」

「それがどうしたっていうの？」

「なんだと？」

「あたし、これからお巡《まわ》りさんのところへ行くのよ」スージーが言った。「そして何を言うかわかる？　あたしが眠っているあいだのことだけど――」勢いこんで話そうとするものの、大きな欠伸《あくび》が邪魔をした。

エドワードが時計を見ると、六時はとうの昔に過ぎていた。

「それで」と彼は言った。「なんだい？」

「あんたは……牢屋《ろうや》へ入れられるのよ……」

スージーは、回転の遅くなった蓄音機のような声でそうつぶやいたかと思うと、また欠伸をした。頭が下がってゆき、とうとう片ほうの頬が机にくっついた。

「楽しい夢を見るといい！」そう言いながら、エドワードは薬の箱をマントルピースから取り上げて火にくべた。スージーは、どんよりした目でこの仕打ちをながめていた。その目の中には、炉の中でちらちらする炎と符合するように、憤怒《ふんぬ》の炎が明滅していた。しかしやがてその炎はおさまり、彼女は目を閉じた。その表情はうっとりとして、何かを夢見ているようだった。

エドワードはスージーをベッドに運ぶと、階下に降り、モーター付きの馬車とトレーラーを宣伝していた会社に、注文の手紙を出した。その夏、ブラックプールで、しみ一つない真白のコートを着込み、次のように書かれた看板の下で、道ゆく人に呼びかけている彼の姿があった。

眠れる美女

ドクター・フォン・スタンゲルベルグが、
近代科学の奇跡をお目にかけます
成人向き
眠れる美女
入場料六ペンス

そして、エドワードは急速に財産を取りもどしたとのことである。

（山本光伸　訳）

多言無用
A Word to the Wise

予期せぬ文芸巨編に消耗した方には、この小品をどうぞ。

恋愛は後回しにして、「成功の秘訣《ひけつ》」を求める物語です。

景気も少し上向いてきた今、個人投資家が求めるべきは、ペローの童話の、あの動物に……。

詳しくは、中身をお読み下さい。

リチャード・ウィタカーはミルクを飲みおえ、実用本位の傘《かさ》を持った。鏡を見ると、そこには特徴がなさすぎて老けてもいず、うらぶれすぎていて若くもない顔があった。道化はこういう顔をしている。白髪《しらが》のずいぶん混じる頭は、まるで鬘《かつら》をかぶっているか、自宅で散髪しているように見えた。

「これは実り多い人生を生きていない人間の顔だぞ」とウィタカーはいった。「畜生、図星を指してしまった！　この見立てはまったく正しい。というのも、そういう人生を生きてこなかったのだからな。ものを見る目はこのとおりあるのだが、いざ大事なときにバスに乗り遅れてしまう」

彼は悩んだ。成功の秘訣《ひけつ》を説いた本をいろいろと繰《く》ってみると、過去の失敗を分析し、その真の理由をつきとめれば、将来の展望はひらけるとあった。

これはたいへんな難事業となった。彼は部屋を行きつ戻りつし、頭をぼりぼりと掻《か》いた。両手で耳をふさぎ、ベッドにすわって精神集中した。とうとう稲妻がひらめくように、問題の核心が見えてきた。彼は跳ねあがった。「まちがいない」と叫んだ。

「くだらない失敗をいくつもしでかす必要はなかったのだ。千倍もうまくやることができたし、指折りの成功者になれたのだ。もし口をきく猫がそばにいたならば。そういう生き物がいれば、あのろくでもない金鉱に近づくなと言ってくれただろう。わたしがホテルを経営する柄《がら》じゃないことを率直に教えてくれただろう。ランキン大佐を招いて、妻に紹介したときだって、きっと気をつけろ！　とかご用心！　とか何とか叫んで注意してくれただろう」

考えると腹が立ってならなかった。一ぴきの猫と二、三のことばが足りなかったばかりに、名声も財産も手に入れそこなうとは。それも猫がごまんといて、ことばもありあまっているこの世の中で……。しかし無表情な人間につきものの慎ましやかな粘り強さで、彼はこの欠陥の是正を決意すると、人生の残された歳月を最大限に活用しようと考えた。

ほど経ぬうちに、猫を手に入れる態勢がととのい、慎重な判断の末に一ぴき、抜け目なく口をつぐみ、まん丸いフクロウのような目で世の中をながめているやつを選んだ。「これが第一歩」とウィタカー。「しかも、ここがいちばん肝心なのだ。しめしめ、そのうちいつかこの有望な猫は、勝ち馬の名前やすばらしい投資先のことを口走るようになるぞ。かわいいぴちぴちした女性がどこにいて、どうすればわたしみたいな何の取り柄もない中年男を愛してくれるようになるかも教えてくれるにちがいない」

そう思った瞬間、われらが友人はこらえきれずに快哉《かいさい》を叫んだが、その喜びにはあせりが色濃くにじんでいた。彼は猫にすべて最上のものを与え、四六時ちゅう話しかけ、正しくはっきりと発音するように心がけた。猫のために特別にラジオを買い、株式市況の報告のときは必ずスイッチをいれた。唯一困ったところは、猫が強情にだんまりを決めこんでいることで、これはわれらがヒーローにとっては慨嘆のきわみであり、彼の友人たちにとっては限りない愉悦の源だった。

「大きな問題はすでに解決されている」と彼はいった。「些細《ささい》な問題にくじけることはない。よく考えてみよう。酒を飲めば人は酔っぱらう、肉を食えば贅肉《ぜいにく》がつく、ミルクは人をおとなしくする。わたしはミルクを飲むからおとなしい。これは経験から言っているのだ。この猫にはやはりオウムを食わせなければいけないし、食わせれば予言者のように語りだすだろう。それに、ああいう古来の鳥は肉がかたいから、あごは丈夫になるし、喉《のど》や口の筋肉もたやすく動くようになる。つぎつぎと絵がはまっていくぞ。朝になったら、鳥市場へ行ってみよう」

あくる朝、彼は早々《はやばや》と鳥市場へ出かけ、りっぱなコガネメキシコインコを買って帰った。そいつをひねり殺して羽根をむしり、おいしいフリカッセをこしらえてやると、猫はうまそうにむさぼり食った。

　あくる日、彼は話じょうずなボウシインコを猫にふるまい、つぎには舌のなめらかなパナマキビタイ、つぎにはおしゃべりなキバタン、また自分の誕生日には見事なコンゴウインコ、などなどを与えた。みんな芸達者な鳥であり、全速でとばす箱馬車を止めたり、盗っ人をおどしたり、花束を手に訪ねてくる若い男たちを困らせたりは、お手のものだった。しかしウィタカー氏の手に落ちるとともに、彼らの芸もすべて用済みとなった。

　猫は鳥が目のまえに置かれると、すぐにも口を開いたが、あとはときたま欠伸《あくび》をする以外は口を閉ざしたままだった。とかくするうちにも、餌《えさ》の代金は法外にかさんだ。われらが友人はまもなく負担を感じはじめた。

　彼はすべてを切り詰めた。体はやせ細り、コートの肘《ひじ》はすりきれ、一歩踏みだすごとに靴からは水が垂れ、屋根には十かそこらも雨漏りができ、何もかもが朽《く》ちていった。通りでは子供たちがはやしたて、その声を背に彼は鳥市場からの帰り道を急いだ。いまこの瞬間にも、猫の口から短いことばが二つ三つもれるかもしれず、それを聞き逃しては、という恐怖が彼をせきたてたのだ。

　とうとう資力の尽き果てる日がやってきた。もはやボタンインコ以上のものを供する余裕はなく、彼は失意をかてに夕食のテーブルについた。まさにその日、あまりにも貧弱な食事にあきれたのか、それとも彼の空耳か、猫が低く、やや調子っぱずれに口笛を吹くのが聞こえたような気がした。

とたんに希望がよみがえり、彼の行くてには幸せの歳月が輝かしくひらけた。「万歳！」と叫んだ。「効きはじめたぞ。わたしは大金持だ！　これで有名人だ！　年は二十二か三、バスト三十五インチのふるいつきたくなるような美女がわたしを抱きしめてくれる！　どうだろう、猫から餌の助言を一つか二つもらえないかな。とにかくその方面ではいろいろ面倒を見てやったことだし」

鉄は熱いうちに打つにかぎる。あくる朝、われらがヒーローは質入れと借金に奔走すると、かき集めた金で最高級のヨウム、鳥市場の華《はな》ともいえる鳥を仕入れ、わが家に駆けもどると、生《なま》の鳥を、まだ温もりの残るまま猫に与えた。こうすれば鳥の長所はひとつも失われず猫に伝わると考えたのだ。

猫はがつがつと呑《の》みこみ、目を軽くぱちりとさせ、前足であごをふくと、まるで驚き、感謝しているように天へと目をあげた。それから猫はリチャード・ウィタカーにまっすぐ向き直り、はっきりと元気のよい声でいった。「気をつけろ！」

われらがヒーローは両手を組み合わせ、歓喜にひたった。「しゃべったぞ！」と叫んだ。「しゃべった！　それも何と快いアクセント！　そのうち勝ち馬の名前をいったり、ロケットみたいに急上昇する株を教えたりするぞ。どこそこの町へ行き、これこれのホテルに泊まれといい、それに従えば、わたしはうっとりするような美女と出会うことになるのだ。年は二十二、バスト三十五の美女と……なんと甘美な瞬間となることだろう、わたしがはじめて……」

ところがその瞬間、ないがしろにされていた天井がすさまじい音をたてて落下し、われらが哀れな友人は、残骸《ざんがい》のなかに大の字に伸びて息絶えた。

「おいおい、なんてこった」と猫はいい、動かぬ男の上を優雅にまたぎ越えた。「猫にオウムを食わせてどうなる？　べらぼうな経費を注ぎこんで、いくらしゃべらせようとしたって、いってることを聞かなかったら何にもならんじゃないか」

猫はやがてストレイカー夫人の家に住みつき、多くを見聞したが、関係者たちによれば、以後はさらに口をつつしんだ。

（伊藤典夫　訳）

蛙《かえる》のプリンス
The Frog Prince

結婚に打算はつきものだ、と言う人もいます。

打算こそ恋愛のはじまりだ、と言う人もいます。

一方、打算のない恋愛こそが、勝利を得るのだと説く人もいます。

しかし、ジョン・コリアにしか書けない、この奇想天外な、恐るべき短篇は、ただひとつのことを教えています。

結婚とは——《予期せぬ結末》であると。

ふたりの若い男が暮らし向きを語り合っていた。金のある方が貧乏な方にこう言った。「ポール、きみはぼくのキョウダイと結婚した方がいいよ」

「また妙なことを言うね」とポールは答えた。「ぼくがかかえている借金についてあらいざらい今きみに話したばかりなのに」

「そんな世俗的なことなどぼくは気にしないよ」とヘンリー・ヴァンホムリーは答えて言った。「ぼくはキョウダイをきみのような清潔で洗練されていて心の温かい男と結婚させたいんだ。金はあるが、放蕩《ほうとう》で鈍くて皮肉屋の準人間、いや亜人間、半人間なんかとよりも」

「確かにぼくは鈍くはないさ」とポールは言った。「でもぼくがボストンにいたとき、きみのご家族にお会いする栄誉には浴さなかったね」

「ぼくはキョウダイが非常に気に入っていてね」とヘンリーが言った。「ある意味では」

「なんとすばらしいじゃないか！　きっときみが小さいときに母親がわりだったんだ

ね。リトル・マザーか」

「いや、いや、そんなんじゃない。彼女はぼくより十歳も年下なんだぜ。まだ二十八だよ」

「あっは！　だったら彼女は大恐慌の年に遺産を引き継いだとでもいうんだろ」

「幸運なことに彼女の遺産はうまく投資されて、年に四万ドルの収入を彼女にもたらしている」

「それを聞くと何か心にひっかかるね。なあ、ヘンリー、ぼくらは上流社会の人間だ。もしぼくが女なら、金のための結婚という過ちを犯すかもしれない。子供は好きだけれども、でも――」

「これはきみが決めることだ」

「うん、ヘンリー、確かにきみの妹さんとなれば魅力的だが。もっと彼女について話してくれないか。まさか彼女はこんなちびっちゃい女というわけじゃないんだろう？」そう言って彼は床から三十インチばかりの高さを手で示した。

「いや、そのまったく正反対なんだ」

「まったくって？」

「なあ、親愛なるポール君よ、なにもぼくは彼女が六フィート四インチもあるなんて言ってはいないさ」

「だったら六フィート三インチかね？」

「それとあと半インチ。それからこれも言っておかなければならないと思うんだが、彼女は肥《ふと》ってる。実際、かなり不様《ぶざま》に」

「なんてこったい！　しかしぼくとしては気だてのいいことぐらいは望みたいな」

「それはもう天使のようだ。彼女が人形を可愛がっている声をきみにも聞かせたいよ」

「ちょっ、ちょっと待ってくれ、ヘンリー。でも彼女はその——知能に難があるのか？」

「それは観点の問題だ。読み書きは申し分なくできるからね」

「なんとなんとすばらしいよ。ぼくがどこかに出かけたとき、手紙のやりとりがちゃんとできるんだから」

「率直に言ってね、ポール、彼女が名の知れたボクサー数人に送った手紙は、まったくもって驚くほど表現力に富んだものだった。つづり字まで完璧《かんぺき》だったとは言わないけど」

「ヘンリー、じゃあ彼女には英雄崇拝の資質があるんだね。つまり情熱的なわけだ」

「そう、ちょっと厄介なほどね。でもその手紙から察すると——じつはわれわれはそれを検閲《けんえつ》したんだが——彼女は献身的な妻になりそうだ。しかしながら、うちは古風な家柄だろう、だからボクサーなど、うちの家族にとっちゃ卑劣な野獣でしかない。またぼくとしても彼女には家族の同意の上で結婚してもらいたい」

「でもきみの言うのが本当なら、彼女はまるで風に吹かれる雪のように純粋なんだね。すばらしいよ」

「彼女は修道院的な幼少時代を送っているんだがね、また何かびっくりさせられるようなロマンチックなところもあるんだ。ボクサーが彼女を妻にしたとしてだ、その男がちゃんと礼儀をわきまえて彼女に接するとは思えない」

「その点、ぼくならどんなに心をこめた手紙も書けるし、顔を合わせればいつでも時代がかった丁重さで挨拶《あいさつ》もできるってわけか。ううむ、腹蔵のないところを言えば、ただひとつぼくが心配なのはどうにもならないぼくの冷たさだよ。それはぼくの欠点なんだが、その冷たさが彼女の苦痛や不満や渇望の原因になるかもしれないな」

「うん、まあ、ポール君よ、それはぼくに訊《き》かれても答えようがない。ただひとつ言っておきたいのは、虎穴《こけつ》に入らずんば虎子を得ずってことかな」

「もっともだ。よし、ヘンリー、きみと一緒に家に伺って会うだけ会ってみよう」

「それが申しわけないのだが一緒には行けない。来週ヨーロッパに発つって言わなかったかな。そのかわり家族宛《あ》てにきみの紹介状を書くよ」

こうしてことが運んで、われらがポールは友と別れて、破滅的な気分でしばらく歩きまわった。その後で別の友達のアパートを訪ねた。

「ああオルガ」しばらくしてポールは言った。「実は今日はくだらないニュースをきみに伝えに来たんだ。今からぼくは貧乏ではなくなりそうだ」

「分ったわ、ひとつだけ答えて、ポール。彼女はきれいなの？」

「とてもきれいとは言えなさそうだね。まだ会ったこともないんだ。ただその相手は身長は六フィート三インチ以上、それにひどいデブだということだ」

「まあ可哀そうなポール！　きっと顔に髭《ひげ》でも生えていそうなお偉い女性なんでしょうね。いったいあなたはどうなるの？」

「体型に加えて、おつむの方もあまりよくはなさそうなんだ」

「なんとなく話が分ってきたわ。ねえ、わたしはどうなるの？」

「彼女には年に四万ドルの収入があるんだよ、オルガ」

「ポール、わたしたち女には、嫉妬《しっと》した時、信じられないようなばかなことをしでかす能力があるものなの。わたしし何もかもいやになりそうよ。わたしにもやはり嫉妬する力がそなわっているのね」

「でもね、きみやぼくの、いったいどこに四万ドルのおこぼれなしにこれ以上生きながらえていく能力があるというんだい？」

「ほかにだって方法はあるわ」

「でも、実際にどんな？　ぼくのオルガ、いったいどこに四万ドルがころがってるんだね？」

「その通りね、ポール。でも、あなたの花嫁になるひとは精神的には九歳から十二歳ってことなの？」

「いや、七歳。ヘンリーの話から察すればそれくらいだと思う。底なしの無垢《むく》なんだね。ボクサーに手紙を書き、人形を可愛がる」

「ほんとう？　それは面白そうね。人形というのはどうもぱっとしないけど。でも、分ったわ、ねえ、ヘンリー、それは今すぐなの？　あなたがパーム・ビーチで探してくれたあのブレスレット、あれを売れば最後の何週間かをふたりだけで過ごせると思うの」

「じつはいまそのことを言おうと思ってたんだ。それを花嫁へのプレゼントにするわけにはいかないかとね。ちゃんと礼儀だけはつくしたいと思ったんだが、でも何かほかのものでも間に合うだろう。そんなことよりぼくはきみを愛してるんだからね」

「ねえ、少なくともあと一カ月はボストンに近よらないって約束して。わたしも忙しくなりそう。でも少なくとも週末には会えるわ。その間にあなたも独身生活にきっぱりと別れを告げられると思うのよ」

「そう、確かにそうだな、オルガ。どうもそういうふうにことをこなしていかなければならないようだ」

こうした合意のもとでそれからひと月ばかりの間、このカップルはオルガの提案通りに過ごし、最後に彼女は彼をボストンへと見送った。たかぶっているにちがいない感情をそのかけらも見せぬほど抑制している彼女を見て、そのとき彼はつくづく感心したことだった。

ボストンに着き、彼は紹介状のおかげでヴァンホムリー夫人にとてもあたたかく迎えられた。

ふたりはすぐにうちとけた。「まだおひとりなの？」と夫人は彼に尋ねた。

「それがぼくは」と彼は答えて言った。「ちかごろの若い女性がぼくの伴侶《はんりょ》たる相手とはどうしても思えないんです。短く切った髪、べたっとして柔らかさのない男みたいな体型、あのつっけんどんなところ、そしてあのウルトラ級の世間ずれ！　女性だけのあの優美な曲線美、無垢、昔日のあたたかい心はいったいどこへ行ってしまったんでしょうね。でも、どうしてこんなことをあなたにしゃべってるんだろう?」

「あなたならきっとわたしどものエセルがお気に召したことでしょうね。あの大きくて、健康で、情熱的で、古風な子、エセル! あなた、エセルにお会いになってね。それから彼女のフィアンセにも。結婚式には来て下さるわね?」

「それはもう喜んで、といいたいところなんですが、あいにくニューヨークに戻らねばならなくて。それも今すぐにも」

戻り着いてすぐ彼はオルガを訪ねた。しかしアパートの部屋には鍵《かぎ》が閉ざされ、何のことづけもなかった。彼がいたるところ彼女を求めて探しまわったことはいうまでもない。

そして彼は新聞の記事でミス・ヴァンホムリーがコールファクスとかいう男と結婚するのを知った。それによればこの幸福なカップルは、ニューヨークのリッツホテルに滞在するとのことだった。

「行ってホテルのロビーで見届ける必要があるな」と彼はつぶやいた。「年に四万ドルつきの化物を一目見て、自分をなぐさめることにしよう」

ロビーに坐《すわ》って待っていると、ほどなく幸福な花嫁の巨大な姿がエレベーターを降りて、ロビーを横切るのが見えた。

「なんて代物だ！」と彼は思った。「人生はシンプルなほうがいいと言われるのももっともだ。少なくとも自分自身は守れるんだから」

彼は花婿《はなむこ》を探してみた。花嫁のお尻《しり》の陰に繊細そうな顔があった。「あれがそうにちがいない」と彼はつぶやいた。「何てチャーミングな奴だろう！　まったくもって。だが待てよ、まえに一度会ったことがあるな」

それを確かめようと彼は近づいて驚いた。なんとその花婿はほかでもない、男装したオルガだったのだ。

彼はうまくタイミングを選んで彼女に尋ねた。「オルガ、これはきみが今までにやったおふざけの中でピカ一だよ。でも、その自称きみの花嫁はどう考えているんだい、これを？」

「理性的に考えてね、わたしのポール」

「気の毒だがスキャンダルになるかもしれない。意地の悪い連中が知ったらどんなふうに取沙汰《とりざた》するか、きみは分ってないんだよ」

「あなたはわたしの妻の無垢さを過小評価してるわ。彼女の人形はやはりわたしが思っていたとおり、ごく普通のものだった。だから、ポール、同意してほしいの。こうやっていればわたしは嫉妬しなくてすむでしょう、ねえ、あなたわたしの秘書になりなさいな」

ポールはこころよく彼女の申し出に従った。そしてしばらく彼は与えられた仕事がまんざら気に入らないわけでもなく、楽しんで過ごした。幸運なことにヘンリー・ヴァンホムリーはヨーロッパに行ったままだった。

あるとき、コールファクス氏の家でパーティがあり、巨大な花嫁が寝室にはいったあとで、粋でちっちゃいコールファクス氏と仲よしの秘書ポールのほかに、何人かの男の客が残って、煙草《タバコ》の煙をくゆらせながら世間話となった。話題は例によって女の話となり、いわゆるミスター・コールファクスは彼の秘書よりその話題を楽しんだ。話が女の魅力に及ぶと——

「私の妻は」とこの可愛いペテン師は言った。「心が洗われるほど純粋なんです。どうしてそれを隠そうとするのか？　でも、また彼女には埋もれた驚くべき個性がありましてね。いわばそれが天真爛漫《てんしんらんまん》の底に隠されているんです。確かにそういうものがあるんです。これこれこうと具体的に説明はできないんですけれど。どう思われます？」

「それはとても単純なことですよ、コールファクスさん」と著名な医者が答えた。

「あなたの奥さんの、もしこう言ってよければ、ほれぼれする純粋さ、立派な男性的な体格、それは性腺《せいせん》異常のせいなんですよ。（あなたがたがわれわれ専門家にもし望まれるならば）それは簡単に癒《なお》ります。いったい誰に彼女の内奥が知れます？」

「それが分ったらさぞおもしろいでしょうね」と彼女の偽りの夫はそこで何かをたくらんだように言った。

「彼女はすらっとして快活になり、空を舞う蝶《ちょう》のようになるかもしれません」と医者は続けて言った。

「ちょうど鯨から竜涎香《りゅうぜんこう》（まっこうくじらから取る香料）を取り出すようなものですな」と同席していた有名な探険家が話にはいって言った。

「それとも新石器時代の土まんじゅうの塚《つか》を掘りおこすようなものか」と名のある考古学者が言った。

「またはクリスマスの寒い日にエスキモーの女の毛皮を脱がせるようなもの」と悪名高きドン・ファンも加わった。

「あなた方は簡単に考えすぎておられますよ」とポールは何か不吉な予感にかられて言った。

でも彼のことばは遅すぎた。すでに誰もがきわめて真剣にこの実験を考えはじめていた。

「あなたの奥さんを私のパリにある病院に連れて来るべきです」と医者が言った。

「そこには実験に必要な器具も設備も全部そろっていますから」

「だったらすぐにしましょう。ポール、きみはここに残っていろいろとまだやらなければならないことを片付けておいてくれたまえ」

こうしてポールは残された。そしてエセルとその配偶者は医者と一緒に船でパリへ向かった。実をいえば、その時の探険家、考古学者、それにドン・ファンも共に連なって。

親愛なるポール

きっとあなたは実験の結果を見て驚くことでしょう。あなたはいつも詩的なものには審美的だったけれど、こんどのことではやはり狼狽《ろうばい》すると思います。治療を受けてエセルはなんと百ポンドも痩《や》せたんです。この驚異的な脂肪の除去は彼女を、すらりとした、機敏で、機知に富んだハンサムな男に変えました。『こんなに長い間エセルなんて呼ばれてたとは、なんとばかげたことだろう』と彼は初めて自分の変貌《へんぼう》を知らされたとき私に言ったものです。わたしは彼の心を安んじようとそのとき即座に答えました。

『わたしがあなたの夫と呼ばれるのと同じくらいにね』結局、ひょうたんから駒というこ とになってしまったわけです。でも、わたしとしてもほかに言いようがなかったんです。

しかし彼はわたしのことばに優しく笑って言いました。『おたがいこのことについては罰則を決めなければいけないね』それでわたしの方はもう二度と彼をあざむかないことをその場で約束させられました。

それでゴシップを避けるためにわたしたちはこちらにしばらく滞在しようと思います。たしかにばかげてこっけいなことにちがいありませんけど、わたしたちにとってはやはりいろいろ言われるのは苦痛だからです。でも、エセルが男となった今となっては、もしあなたの最初の望みが叶《かな》っていたなら、きっともっと苦痛でこっけいなことになっていたのでしょう。ではまたいずれ。

オルガ

（田口俊樹　訳）

木鼠《りす》の目は輝く

Squirrels Have Bright Eyes

本作をお読みになると、主人公の趣味が、わが国の偉大な探偵作家の趣味と似かよっていることに、気づかれる方も多いでしょう。実はジョン・コリアの幾つかの奇談――今回、私が選ばなかった物語も含めて――を読んでいると、わが国の探偵小説誌『新青年』のムードを連想させるものがあるから不思議です。

奇妙なモダニズムのせいかもしれません。もし旅をするのなら、ジョン・コリアの時代のニューヨークに行きたいものです。

恋した相手が、ただの美女ではすまなくて、女戦士《アマゾン》そのものだったり、狩りの女神ダイアナそっくりだったとしたら、それはわが身の不運というものだろうか。彼女が住んでいるのは一間きりの広いペントハウスで、自分のエンフィールドやバラードやウィンチェスター軽連発銃で仕留めた獲物の首や毛皮がたくさん飾ってある。バン！——はい、炉端の敷物。ダアン！——はい、毛皮のコート。タ、ターン！——ほら、お洒落《しやれ》な革手袋も。

ところが、彼女という人は、どうやら衣服というものを窮屈に思っているらしい。生粋《きつすい》の北欧人だからか、広い部屋にいるときに着ているのは、いつもチュニックみたいなの一枚きり。女狩人にふさわしいブロンドの、その髪の色よりも濃く日に焼けた、両の腕と脚の美しさといったら。ああ、あの脚よ、腕よ、金髪よ！　ぼくは恋におちてしまったんだ！

でも、ぼくの思いは笑いとばされてしまった。「ねえ、木鼠《りす》くん」彼女ときたら、ぼくを木鼠なんて呼ぶんだ。「気持ちは嬉《うれ》しいんだけど、あなたってペットみたいなんだもの。ボポティティの小さいのを思い出しちゃう。コンゴの動物で、木の上に棲《す》んでるのよ」

いつもそばにいて、たいていは毛皮の上で丸くなってる小憎らしいチビ女に、彼女は声をかけた。「ねえボーギー、木鼠くんにボポティティの写真を見せてあげてよ」

「なんだい、これ」ぼくは言ってやった。「どこがぼくみたいなの？　ぼくが似ているのは、あえて言うなら鳥だろうし、ぼくのほうがずっと品がいいだろう」

「そうね、でもボポティティたら、いつもわたしにミナミナを持ってきてくれたのよ。毎朝ね」

「ぼくは一時間ごとに、きみに愛を届けるよ。結婚しよう」

「だめよ」

「一緒に暮らそうよ」

「無理を言わないで。わたしのそばにいるのは銃だけでいいの。女ひとりでも、リー・エンフィールドやバラードやウィンチェスターがそばにあれば、下品なあてこすりを聞かずにすむんだし」

「愛は銃よりも強し、だよ」

「あははっ！　ごめんなさい。でも、おかしいわ」北極熊《ぐま》の毛皮の上に身を投げ出すと、彼女は心底おかしそうに笑いころげた。

だめだ、こりゃ。いっそ死んでしまおうか。ならば、彼女の心に残るような死に方は、と考えに考えているうちに、彼女の部屋でのカクテルパーティで知りあった、ハリンゲイという剝製師《はくせいし》を思い出した。

剝製店に行ってみた。彼はひとりでフクロウみたいな顔をして、見るからに暇そうだ。

「ハリンゲイ、ぼくを剝製にしてくれよ！」

「よしきた。じゃあ、中には何を詰めようか。ステーキかな、中華料理がいいかな。たまには珍しい料理でも試そうか」

「違うんだ。本当に剝製にしてほしいんだよ。金に糸目はつけないから、最高の仕事をしてくれ。で、完成したのを、ミス・ビエルンシュトルムにプレゼントするんだ。彼女のコレクションにぼくも仲間入りさ。この愛を伝えるには、そうするしかないんだ」と言い終えるや、ぼくは倒れた。

ハリンゲイの技ときたら、見事というほかなかった。ぼくは心に哲学を詰めてもらい、すっかり新しく生まれ変わった。「さあ、行こう」と彼は言った。「愛が実るかもしれないぞ。これまで、きみには何か足りないと、気にしていたんだ。目の輝きだったんだな。さあ、あとは姿勢よくしているだけでいい」

「愛が実るかもって、本気かい？」

「ほら、いただろう、彼女が銃で撃ち落した、木の上に棲んでる動物が——なんて名前だったかな——あいつの剝製の隣に置くのにちょうどいい、とは思ってもらえるさ」

「あれだな。何といったか、ぼくも思い出せないんだけど。さあ、一世一代の大博打《おおばくち》だ。ハリンゲイ、きみこそ本当の友達だ」

「お礼はいらないよ。こんないい宣伝、ちょっとないからね」

「お礼くらい言わせてくれよ。さあ、わが友よ、準備万端だ」

それからすぐ。ハリンゲイは彼女の部屋にぼくを運び込んだ。「ブリュンヒルド、あなたの自然博物館に、展示品がひとつ増えましたよ」

「あら、木鼠くん！　剝製になっちゃったの？」

「あなたへの愛のために、と言っていました」

「生きてるみたい！　ハリンゲイ、あなたって最高の剝製師ね」

「光栄です。この傑作の手入れに毎日うかがいますよ。この作品のために開発した、最新技術でね。置き場所はあちらのアルコーヴにしましょうか？」

「お願いするわ。じゃあ、カクテルパーティをしないと。彼をお友達みんなにお披露目するのよ。ボーギー、すぐにお知らせして！」

「かしこまりました。フェンショ＝ファンショー大尉もお招きしますか？」

「もちろんよ」

彼女は縞模様《しま》も派手やかな虎《とら》の毛皮に座り込んで、大笑いした。お客が集まりだしても、まだ笑っていた。ぼくのライヴァルの大男、フェンショ＝ファンショー大尉も来た。彼の片眼鏡とローマの王族みたいな顎《あご》が、ブリュンヒルドよりもさらに高くそびえていた。

みんな、にぎやかに笑いさざめき、ぼくの出来栄えをほめちぎった。「すばらしいお仕事ですこと、ミスター・ハリンゲイ。うちのポンゴにお迎えが来たら、ぜひお願いしますわ」

「わたしのフィフィちゃんもお願いね」

ハリンゲイは笑顔で一礼した。

「彼は愛のために私に依頼しました」

「愛か！」大尉はそう吐き捨てると、ぼくの鼻の下を指で弾いた。怒りと屈辱とで、ぼくはあやうく身震いするところだった。

「お気をつけて！　繊細な作品ですので」と、ハリンゲイ。

「愛ときたもんだ！」大尉は胴間声をあげた。「木鼠公が御立派なことだ。はっはっは！　こいつの身長じゃ、愛に手が届かなかったんだろう。おいハリンゲイ、こいつの心臓《ハート》はどんなもんだった？」

「実にきれいでしたよ。傷ついてはいましたが」

ブリュンヒルドが急に笑い止んだ。

「木鼠公め！」大尉は嘲《あざけ》り続けた。「ブリュンヒルド、きみがちっぽけな獲物も狙《ねら》うとは知らなかったな。クリスマスには二十日鼠《はつかねずみ》の剝製でもあつらえようか」

ブリュンヒルドの顔色が変わったのに、大尉は気づかなかった。ぼくにはわかった。ニュース映画の出だしにある、雲や陸地や海が回る映像のように、見る見るうちに変わったんだ。彼女はすぐさま虎の毛皮から跳ね起き、喪服のような黒豹《くろひょう》の毛皮に身を投げ出した。「お願い、ひとりにさせて！」彼女は涙にむせんだ。「みんな帰って！」

「ぼくもかい？」と大尉。

「帰ってよ！」

「わたくしも下がりましょうか」ボーギーも尋ねた。

「みんなよ」ブリュンヒルドは涙声で言った。だが、泣いている女性にはそばに誰かついている必要があるからか、ボーギーの手を握ったままだった。

「いかがなさいましたか。お嬢様がお泣きになるのを見るなんて、わたくし初めてでございます。もうお客様がたはお帰りになりました。お話しになっても大丈夫ですよ」

「ねえ、ボーギー。彼ったら、わたしが好きなばかりに、こんな姿になったのよ。わたし、人を好きになるってどういうことか、今わかったの。馬鹿だったわ。狩りに夢中になって、殺したり剝製にしたりしてばかりいて。そんなの、もうたくさんよ。これからは、この人がわたしのすべて。彼と結婚するわ」

「でも、この方は剝製です」

「一緒にいるだけでいいのよ」

「ひとさまからどのように言われるか……」

「剝製と一緒にいれば、下品なあてこすりを言われずにすむじゃない。生きているときと変わらずに、一緒にテーブルについたり、お話ししたりしていればいいわ」

「お嬢様、なんてすばらしい！」

そう、実にすばらしい。でも、ぼくにとっては、実にむずかしい。愛する人が片時も離れず、ときには同じテーブルに向かい、ときには炉端でくつろぎながら、胸のうちを包み隠さず、心をこめて語り、涙にくれるときもあるだろう。でも、そんなときにも、剝製のふりをしていなければならないとは、笑い事じゃない。もし動きでもしたら、あるいは本当のことを明かしたら、彼女にいま芽生えた新たな愛は、あっけなく枯れ落ちてしまう。

彼女はぼくの額を指先で触れたり、キスしてくれたりした。で、剝製を相手にそんなことをしている自分が恥ずかしくなったのか、身もだえするように豹の毛皮の上で一心不乱に体操をしはじめることも、たびたびあった。ぼくは全力で自制した。

ハリンゲイは毎日やってきて、ぼくを手入れしてくれた。そのたびに、この方法は秘密だからと、ブリュンヒルドを一時間ほど外出させた。で、サンドイッチと牛乳を差し入れ、食後は埃《ほこり》を払い、こわばった関節をもみほぐしてくれた。

「このばかげた状況もほぐすわけにはいかないかな」ぼくはこぼした。

「細工は流々《りゅうりゅう》、落ち着いて待つことだ」

「わかったよ」

ブリュンヒルドはいつも、五分かもうちょっと早めに帰ってくる。まるまる一時間も外にはいられないようだ。「外にいると、彼のことばかり考えてしまうの。でも、帰ってくるたびに、ああ、この人は剝製だったのね、って思い出すのが辛いわ」

「お力になれそうです」と、ハリンゲイ。

「信じられないわ」彼女は胸に手を当てた。

「これはしたり」ハリンゲイは声を高めた。「虎をも射とめるご婦人のお言葉とは、にわかには信じられませんな。このハリンゲイの人造下肢の機能を信じていただけますかな」

「ええ」彼女は答えた。

「最新技術です。歩くも蹴《け》るもダンスをするも、自由自在な機械《からくり》なのですぞ」

「ハリンゲイ、あなたを信じます」

「ならば、彼のために人造上肢も」

「もちろんですとも」

「承知しました。お望みならば、顎を動かすようにも、まばたきするようにもできます」

「話しかけてくれる？」

「少しは。たとえば『ママ』と言うくらいなら」

「科学の力ね。素敵！　でも、見た人たちに下品なあてこすりを言われちゃうかも」

「称賛の声をお聞きになることうけあいです」

「きっと嫌なことを聞かされてしまうわ。一緒に暮らして、お話しできたとしても、剝製なんだもの、彼と結婚なんてできないわ。やっぱりだめよ、科学の力でも」

「ご心配なく」とハリンゲイは言った。「科学にお任せを。すべて問題ないようにいたします。では、また明日」

ハリンゲイを見送った彼女は、かぶりを振りながら戻ってきた。沈みこんでいる。内なる女神と闘っているのだろう。午後いっぱい、彼女は灰色熊の毛皮の上に横たわっていた。ぼくの気持ちも沈んだ。そばに行きたくてたまらなかった。ヤマアラシの毛皮の上に横たわっているような気分だ。

だだっ広い部屋に夕日が射そうという頃、不意にノックの音がした。彼女はドアを開けた。来たのはフェンショ＝ファンショーだった。

「どうしたの？」彼女は尋ねた。

「わかるだろう」大尉は答えた。

「わかるわけがないわ」

「かまわないさ」と答えながら、彼は上着を脱いだ。

「なにをしに来たの？」

「もう待てないんだ。ねえ、そのチュニック、きみには似合わないよ」

彼女は素早く身をかわし、壁に手を伸ばした。銃がずらりと並んでいる。リー・エンフィールドを取り、銃口を大尉に向けた。「近寄らないで！」

ところが、大尉は薄笑いを浮かべたまま、足を止めようとしない。

彼女は引き金を引いた。カチッ、と音がしただけだった。大尉はにやりと笑い、近づいてくる。

彼女はバラードを手に取った。カチッ。ウィンチェスター軽連発銃を取った。カチ、カチ、カチッ！

「弾丸《たま》は抜いておいたよ。あのカクテルパーティで、きみが笑い転げている隙《すき》にね」

「ああ、木鼠くん、助けて！」

「それは無理ってものさ、剝製なんだから」

「木鼠くん、助けて！　木鼠くん！　木鼠くん――」大尉は彼女を捕まえた。彼女は身を振りほどいた。「助けて！」

「今行くよ」と言うと、ぼくはぎくしゃく動き出した。薄暗いアルコーヴから出てくるさまは、かなり気味悪く見えたにちがいない。大尉は震え声で叫んだ。まわれ右して外に飛び出そうとした。ぼくは体じゅうがじんじんしていたが、熱き血潮はしびれなどものともせず、壁の象牙《ぞうげ》を一本手に取ると、彼を追った。ドアの掛け金をはずそうとしているところを一撃。大尉は倒れた。

ブリュンヒルドはぼくに寄り添った。「ごめんよ」ぼくは言った。「きみを騙《だま》していたんだ」

「助けてくれたのね。あなた、わたしの英雄だわ！」

「でも、剝製じゃないんだ」ぼくは口ごもった。

「もし剝製でも、そこのケモノ野郎なんかより、ずっと素敵よ」

「大尉も身をもって知ったことだろう。自分がでかいばかりで、ろくな中身もないって」

「ハリンゲイに詰め替えてもらったらどうかしら」

「彼ならうまく作り直してくれるだろうね」

「それにしても、素敵だったわ！　一撃で仕留めたのね」

「まあ、こんなものさ」

ぼくは大尉の胴体に片足をかけると、踏み台にした。ぼくと彼女の唇の高さが同じになった。

「ブリュンヒルド、ぼくと結婚しておくれ」

「喜んで」

「誓ってくれる?」

「もちろんよ」

天にも昇る瞬間だった。ぼくたちはジャイアント・パンダの毛皮に身を沈めた。ボーギーのノックなんて、耳に届かなかった。

翌日、ぼくたちはもちろん、教会に行った。


（植草昌実　訳）

恋人たちの夜

Hell Hath No Fury

個人集には、初めて収録する作品です。

70年代に『吸血鬼は夜恋をする』というクールで素晴らしい単行本が出版されました。伊藤典夫のオリジナル編訳によるSF&ファンタジーの伝説的なアンソロジーです。そのなかでも官能的な魅力を放っていたのが、ジョン・コリアのこの作品でした。

もちろん、伊藤典夫の訳でご堪能ください。

宇宙は有限である、とアインシュタインが宣言するやいなや、天国も地獄もその地価はうなぎのぼりにあがった。地獄のへんぴな片田舎では、それまで居心地よい汚《けが》れのなかでぬくぬくと暮していたケチな悪魔たちの相当数が、彼らのみすぼらしい小屋から追いたてをくう羽目になった。しかも彼らには、新価格の土地を買うだけの資金はなかった。そうなれば移住するしか方法はない。彼らはこの宇宙のさまざまな居住可能の惑星に散っていった。そのひとりは、昨年十月の深夜、ロンドンに到着した。

天使たちのなかにも、同様な事情で同様な手段をとったものがあり、そのひとりは奇《く》しくも同じ時刻、同じロンドン北部の近郊におりたった。

これくらい高度の生物になると、人間の姿をとるときには、どちらの性別を選んでもよいという特権がある。生き物といってもたんなる生き物ではないので、天使も悪魔も、何が何であるかはちゃんと心得ている。その点をおもんぱかって、二人はそれぞれ芳紀まさに二十一歳の若い女になることに決めた。悪魔は大地を踏むとまもなく、ほかならぬブルネット美人ベラ・キンバリーになりすまし、一方、天使は同様に美しい、ブロンドのエヴァ・アンダースンとなった。

彼らの性格が本来持つ限界によって、天使が悪魔に出会ったとしても、相手の悪魔性を認識することは不可能であるし、悪魔にしても天使的な善の存在を把握することは同様に無理な話だった。事実、いま記したような出会いが、セント・ジョンズ・ウッドのラウンズ・クレスントでおこったときも、天使が純真にも、悪魔的な性格を自分より優れた性格と精神力のあらわれと受けとって惹《ひ》かれる一方で、悪魔は天使に対して焼き網の上でうまそうな匂《にお》いをたちのぼらせる本物のカツレツに接したときのような、甘美な興味を抱いてしまったのである。

二人の娘はたがいに声をかけると、この近くに適当な下宿屋はないか、と同じ質問を同時に発した。おたがいのあまりにも似かよった境遇に、はじめ二人は大笑いし、つぎにはルームメートになって幸運を二人でわかちあおうと約束した。こんな遅くでは、よい下宿屋も見つからないだろうから、というベラの提案で、二人はその夜はハンプステッド・ヒースを散歩しながら過し、これからどうやって生計をたてていくか、どうやって楽しく暮していくか、どんな恋愛をしてみたいかといったことを話しあい、最後に、どこでどんな朝食をとるかを話しあった。これは、そのときの事情を考慮に入れれば、不自然な話の筋道ではないと思う。

二人はヒース・ストリートのこぢんまりしたミルク・スタンドで目玉焼きを食べ、それからアパー・パーク・ロードの大きな下宿屋の三階に快適な部屋を見つけた。二人はただちに職を捜しに出かけた。ベラはまもなくダンス教師の仕事口を見つけ、エヴァも、すこし手間はかかったが、女性オーケストラのハープ奏者の職をつかんだ。

いったんおちつくと、二人はそこらの娘たちと同じように四六時中ぺちゃくちゃおしゃべりしたり、くすくす笑ったりしながら、楽しい生活を始めた。ベラの話すことが、しばしばエヴァを、頭のてっぺんから足の爪先《つまさき》まで真赤にさせたのは事実である。だが彼女はすでにこの地獄から来た友を愛しており、そのきわどいユーモアにさからいがたい魅力を感じていた。二人は、タンスの引出しを仲よく分けあい、同じベッドで眠った。これをふしぎがるものはだれもいなかったし、たとえ二人の正体が知れたとしても、結果は同じことだったろう。そもそも悪魔と天使が同じシーツで寝ることぐらいありふれた話はない。こんな話でもなければ、われわれの人生は、よほど退屈なものとなるだろうからだ。

さて、その下宿屋には、ベラやエヴァよりほんのすこし年上の青年が住んでいた。彼は建築家を志して目下勉学に励んでいるところで、これまで一度の恋愛経験もなく、そのまがいものにも心を動かされたことはなかった。青年の名は、ハリー・ペティグルー。髪はごく中間的な色あいで、それほど黒くもなければ、明るくもなかった。

　彼の生計の道は限られていたので、彼の部屋はその下宿屋の最上階にあった。だが、二人の娘の部屋からそれほど上でもなく、いちばん勉強に身を入れていなければならない深夜などには、二人の甘ったるいくすくす笑いが彼のところまで聞えて来るのだった。おりていってドアをノックし、いったいどんなジョークなんだとたずねてみたい気持もあったけれど、そうするには内気すぎる青年だった。

　しかし若い三人が同じ家で寝起きしているのだから、知りあうのにそう時間はかからない。あるとき、ベラが浴室のドアを閉め忘れたことがあった。というのも、地獄には風呂がなかったせいであろう。風呂がなければ浴室もないわけだし、必然的に浴室のドアも存在しないわけである。

　それは日曜日のことだった。青年は朝のひと風呂を浴びようと、ドレッシング・ガウンを着て降りてきた。と、そこには、楽しい偶然が待っていた。さいわい、彼の見たものは、たしなみのよい青年が見たいと思う程度のものだったが、そういうこととは関わりなく、彼はあわてふためいてとびだした。なぜなら彼には、たしなみのよい若い婦人が、何を望んでいるか、さっぱり見当がつかなかったからである。あまり動転したため、階段をのぼりはしたものの、階も踊り場も数えるのを忘れてしまった。

そして自分の部屋だと思いこんでドアをあけたところ、そこでミュラーの腹筋運動の第三姿勢をとったまま、身に一糸をまとわずにいるエヴァを見つけたのである。

ところで天使というものは、だれしも知っているように、その純真無垢《むく》のゆえか、あるいは天界の衣装の単純さのゆえか、ときとしてその地獄の友人と比べてはるかに大胆な場合もある。エヴァは急いで、だがおちつきはらって前を隠すと、「まあ、驚いていらっしゃるのね」といった。そして、「そんなに驚くことはありませんわ。何かお入用ですの?」

「いいえ……」と彼はいった。「……そうじゃなくて、まちがえてしまったんですよ、部屋を。大声をあげたり、おこったりされなくてよかった」

二人はそれから二言三言ていねいな言葉をかわした。やがて勇気づいたハリーは、彼女をヒースの散歩にさそった。エヴァが返事をしないうちに、ベラがはいってきて、彼がそこにいるとも知らず、くすくす笑いながら大声で話しだした。「いま、あたしに何がおこったと思う?」そして彼に気がつくと、はじめのお茶目ぶりに輪をかけたたいへんなうろたえかたで押し黙った。

これが、はじめの出会いにあったきわめて美しい自然さをいくぶんそこねることになったが、この事態をハリーはそれほどありがたいとも思わなかった。自分の関心が、そのときだれからだれに傾いたか、真相を知ってさえいたら、ハリーは当然この事態に感謝したはずである。しかし実際のところ、ひとりの青年が、女のかたちをとった悪魔と天使を、まったく同一の啓発的な状況のなかでながめたとしたら、百のうち五十から五十五パーセントは、天使のほうを選ぶものである。すくなくとも彼が好青年で、充分に時間が与えられているなら。

といったことから、その日の午後、二人はハリーに誘われてハンプステッド・ヒースに出かけたわけだが、ハリーはベラに愛想よく話しかけはするものの、それが言葉だけであるのに対し、エヴァにはある種の眼差しもいっしょに添えるのだった。

ベラも、それにいつまでも気がつかないほど愚かではなかった。この魅力的な青年と、これから長い罪深い一生をおくり、やがて彼の魂をともなって地獄へとぶ、そんな生活を彼女は心に描いた。建築家の魂は、特に彼がイタリアの巨匠パラーディオの傾向を強く持っている場合には、地獄のもっとも住み心地よい住宅地に、二、三エーカーの広々とした庭園つきの堂々たる屋敷をかまえられるだけの値打ちは充分あるのだ。彼ら、天使と悪魔は、今ともに女の体のなかにいる。はずかしめを受けた女の怒りをお考えになれば、家を持たないこの悪魔のくやしさがいかばかりのものかは、読者もおわかりになるだろう。

ルームメートのブロンド娘と、ハリーが日ましに親しくなっていくのに腹をすえかねていた彼女は、この三角関係に第四の登場人物をつけ加えるアイデアを思いついた。それはダンス・ホールで知りあった、彼女と同じくらい腹黒い若者で、そのころにはかなり親しいつきあいにまで進んでいた。

エヴァには、やがてたいへんな遺産がころがりこむのだ、と彼女はふきこんだ。加えて、エヴァのブロンドの髪と、世間知らずの性格。ダンス・ホールのヴァレンティノにとって、お膳立《ぜんだ》ては揃《そろ》っていた。彼は一も二もなく、どうしたらエヴァに近づけるかとたずねた。

「色目をつかうだけじゃ駄目よ」と彼女はいった。「もうハリー・ペティグルーに首ったけなんだから。ほんとうは、あたしのボーイフレンドなのに。こうしてほしいの、つまり、あんたとエヴァが同じ穴のムジナだと彼に思わせたいのよ。そうすれば、彼がまともな男であるかぎり、きっと気が変るはずだわ」こう書きはしたものの、ベラの言葉が、もっと極端に低俗であったことはご想像がつくだろう。それが一般に、悪魔の欠点なのだ。

ベラが嫉妬《しっと》をかきたてたかいあって、男はやがてエヴァとの仲を、ハリーに見せつける機会をつかんだ。たとえば、四人でケン・ウッドの木立を散歩した、ある日曜日の場合である。男はなんとかかんとか口実をつけて、ベラとハリーを二人だけにすると、エヴァといっしょに曲りくねった道の一つか二つ先の角を歩きながら、彼女のうしろに腕をまわした。もちろん、彼女に直接触れるわけではない（そんなことをすれば、激しく責められることは目に見えている）。だが、うしろを行くハリーが角を曲ると、男があわててエヴァの腰から手を引っこめるのが見えるわけである。

それだけではない。共犯者のはからいで、部屋には男とエヴァしかいず、そこへハリーがたずねてきた場合など、急に身を引いたり、驚きあわてたふりをしたり、そんなことが何回かつづいた。ライバルの足音がドアの外に聞えるときには、自分の唇でかすかにキスの音をたてることさえはばからなかった。一度など、それはベラが週末の旅行に出かけているときだったが、男はエヴァの部屋の窓にソックスの片方をひっかけておくという行為に及んだ。

だが、それは行きすぎだった。エヴァといっしょに散歩から帰ってきたハリーは、ソックスを眼にするやとうとう我慢しきれなくなり、もっともはじめのうちは、だれのソックスかと（こともなげに）ききはしたものの、やがて、この数週間たまりにたまった疑惑をあらいざらいぶちまけた。しかしそれには、率直な、力強い、聞き違えようのない、しかも天使のように気高い打消しの言葉が返され、かえって彼ははかり知れぬ喜びを味わうことになった。

美しい情景がそれにつづき、その間に二人はこの愛を完成させなければならないと悟った。事実、二人の愛に欠けていた唯一の要素は、その愛の完成であった。完全さには、本来、完成が必要とされる。それは、多くのいにしえの哲学者や、すくなからぬ数の神父や、そしてまたすべての若い恋人たちが認識していることである。完全にむかって努力するのが人間の本位であり、それを達成させるのが天使の本性である。われらの若いカップルは、まさにその典型的な例だった。すこしのあいだ親密な話しあいをしたのち、二人はその夜、エヴァの部屋でこの愛を完成させることで意見の一致をみた。たんに完成させるだけでは不充分であると考える、あら捜し好きな人びとのためには、これだけをいっておこう。天国には、結婚や、結婚を前提とした交際などは存在しないのである。しかも相手が建築家志望の学生だなどということは、まず皆無に等しいのだ。

ところがベラの帰宅したのが、ちょうどその日の午後だった。彼女は共犯者との協議にはいり、いまだに決着のつかないたがいの問題に、そこでひとつ大胆な離れわざを試み、速やかに事態を解決に持っていくことに決めた。やがて彼らは、このうえない大胆な方法を思いついた。ベラがその夜眠っているハリーの部屋に忍んで行き、その一方で、腹黒い共犯者がエヴァの部屋に侵入するわけである。

その夜、時刻は真夜中、二人はハンプステッドでおちあった。あたりは墨を流したようにまっ暗だった。月はなく、霧が星を隠していた。眠りこんでいるのだろう、ほかの下宿人の部屋は、どれも明りが消えていた。ハリーの部屋の明りは、彼がそこにいないので、消えていた。エヴァの部屋の明りは、彼がそこにいるので、消えていた。

そんなこととは知らないベラは、最上階にのぼり、彼がいないと知ると、帰ってきたとき驚かしてやろうとベッドにもぐりこんだ。

それからすこしして下宿屋にやってきた彼女の共犯者は、手さぐりで階段をのぼり、エヴァの部屋の前まで来て、なかのささやき声を耳にした。いうまでもなく、われらの若いカップルが、完全さを完成させたおたがいの熱意をほめたたえあっていたのである。てっきり部屋を一階まちがえたと思いこんだ男は、さらに上の階にのぼり、ハリーの部屋のドアをあけて、まっ暗闇《くらやみ》のなかで待ちかまえていたベラを抱きしめた。男の情熱に有頂天になってしまったベラは、エヴァの役になりきって負けいくさにうちこんだ。

そして何時間か、善良なカップルはその美徳の報賞である幸福を思うぞんぶんに味わい、腹黒いカップルは、幸福の幻想すなわち悪徳の代償をこれまた思うぞんぶんに味わったのである。

夜明けの灰色の光があたりに訪れるころ、われらの善良なハリーは、その恋人に美しい感謝の言葉を捧《ささ》げた。きみはまさに天使であり、きみはぼくを天国にいる心地にさせてくれた、と。

一方、ベラと共犯者の男は、そのころあられもない言葉でたがいをののしりあっていた。しかし二人とも、適当に現実的な性格であったので、楽しい幻想なら何もないよりはマシだということで意見が一致し、その誤りを永劫《えいごう》の闇にかけてとことんまで追求する決意をかためた。しかし二人の性格からみて、これはそれほど永続きしなかったのではないか、と、わたしは思う。

（伊藤典夫　訳）

夜、青春、パリそして月
Night, Youth, Paris and the Moon

いよいよ本書、最後の作品です。実は前作で締めくくろうかとも考えたのですが、伊藤典夫訳のアンコールとして、本作をお愉しみいただこうと考えた次第。これにより、氏によるジョン・コリア翻訳は全三作とも、本書にコレクションされたわけですが——なによりも、本作は、私ことワガママな編者の好みでもあるのです。

恋の高揚感に酔いすぎたなら、その頓服薬《とんぷくやく》として、冒頭の作品を読み返していただくのも、よろしいかと存じます。

世間にあいそをつかし、ぼくはハンプステッドの大きなスタジオを借りた。世界がむこうからいざり寄り、泣いて許しを請いに来るまで、そこで解脱した生活をおくるつもりだった。

スタジオは広く、天井は高く、家賃も高かった。さいわい服の仕立ては頑丈で、また薫製《くんせい》ニシンはいくら食べてもあきないほどの大好物だった。

ぼくはそこでつつましいながらも幸福に暮らした。広々とした影の多い部屋も、とってつけたようなバルコニーも申し分なかった。バルコニーには蓄音機をおき、レコードをかけっぱなしにしておいた。

小さな台所、浴室、猫のひたいほどの庭もじめじめした小道さえも、ぼくを満足させた。常緑樹の生い繁るその小道をぬけると、おもて通りへ出る。だがここにいるかぎり、だれとも顔を合わせることはなかった。

ぼくの心境は小型の爆弾に似ていた。ただし今のところすぐには爆発する気配のない爆弾である。

爆発する気配はないにもかかわらず、ぼくは大きなトランクを買ってしまった。古道具屋のおもてにデンとおかれたそれを見たとたん、買わずにはいられなくなってしまったのだ。

そのいかにも旧式な外見にひかれたのは、ぼく自身が旧式な人間になりたいと願っていたからだろう。あるいはそのサイズが、どちらかといえば小柄なぼくの体格にぴったりだったからかもしれない。あるいはその湾曲した蓋《ふた》が、曲線の好きなぼくをとらえたのかもしれない。

だが何にもましてぼくの心を強く動かしたのは、古道具屋の主人の口から出た言葉だった。みすぼらしい店先で鼻くそをほじくりながら、主人はいったのだ。

「こういうものは、いつでも役に立つからね」

ぼくは代金四ポンドを支払うと、その巨大な黒い化けものを手押し車でスタジオまで運ばせ、バルコニーに据えた。バルコニーは部屋のつきあたりの壁に設けられているが、それが何のためにあるのか今もって見当がつかない。

この出費によってとうとう有り金が底をつき、スタジオをまた貸ししなければならなくなった。悲しいことだが、やむをえない。

周旋人に電話すると、ほどなく連絡があった。客のひとりが、ぼくのこの無害な隠れがを下検分に来るという。名前はスチュアート・マズグレーブ。

「じゃ、ぼくは下見のあいだ留守にします。ドアに鍵《かぎ》をさしこんでおきますから。決まったらあとで知らせてください」

しばらくして、借りることに決まったという知らせがきた。

「金曜の四時にここを出ます。四時半に来ればすっかりあいているはずです。ドアに鍵をさしこんでおきますから」

金曜日の四時すこし前になって、ぼくはひとつの問題に直面した。他人にスタジオを貸すにあたっては、衣類をまとめて衣装だんすにしまう必要がある。そうしたところ、ぼくははだかになってしまった。これでは困る。だがトランクはあっても、入れるものがない。その一方で、ぼくは世間に別れを告げている。スタジオにはまもなく他人がはいってくる。ぼくが身をおちつける場所は、考えてみると、もうあといくらも残っていない。

時計が四時を打った。

ぼくはゴルディウスの結び目を断ち切り、ルビコン川を渡り、舟を焼き捨てると（いずれも決定的な挙に出ることのたとえ）、トランクをあけ、なかにもぐりこんだ。

四時三十分、間借り人が到着した。かたずをのみ、小さな空気穴兼のぞき穴から外をながめたぼくは、びっくり仰天した。

なんの魅力もない若い男がやってくるものと思いこんでいたのである。スチュアート・マズグレーブは、たくさんの魅力にあふれた若い女だった。

彼女はひとわたりながめ、ひきだしを残らずあけ、スタジオの隅という隅をすべてのぞきこみ、大きなソファー・ベッドに身をおどらせた。そしてこの無用な小バルコニーへあがってくると、のりだすようにしてジュリエットの台詞《せりふ》をふたことみこと引用し、とうとうぼくのつつましい避難所に近づいてきた。

「あけないことにするわ」と、彼女はいった。「死体がはいってるかもしれないもの」

ちょっとまちがっているが、なかなかするどいカンだ。彼女の肌は輝いていた。大きなスタジオに自分のほかだれもいないと思いこんでいる美しい若い女を観察するのは、実に興味深いものだ。彼女がつぎに何をするか、まったく予想がつかない。ぼく自身、あそこにひとりで寝ころんでいたときには、つぎに何をしようか迷ったほどである。だが、ぼくは今ではここにいる。そして彼女はあそこにいて、自分ひとりだと思いこんでいる。この状況は、ある意味では、ぼくに無限の力をさずけてくれたようなものだった。

まもなく、ぼくは自分が彼女をどうしようもなく愛していることに気づいた。だがこの場合残念なのは、彼女のほうが、ぼくを愛してくれるかどうかということだ。ここにいることを知ったら、どう思うだろう？

夜、彼女が魅惑的な姿勢で眠りこけている時刻になると、ぼくはそっと下におりて台所にはいり、食器を洗い、靴をみがき、冷蔵庫のなかに見つけたチキンをつまみぐいした。

「このスタジオには小鬼がいるみたいよ」と、彼女は友人に話した。

「じゃ、ミルクをお皿に入れといてあげなさいよ」と、友人はいった。

なにもかもが夢のように運んだ。絶望し、世間を見捨てた詩人と、若く美しい女流画家とのあいだに芽ばえたこの無言の愛ほどこまやかなものがほかにあるだろうか？彼女は生気に満ちあふれ、いかにも自然で、自意識というものがまったく欠けているようだった。

あるとき、ぼくはカーペットの隅につまずいた。

「だれ？」

自分のエッチングをその道のくろうとにほめちやされている夢からさめて、彼女はいった。

「ネズミですよ」

ぼくは身じろぎひとつせず、ネズミの鳴き声をまねていった。彼女はふたたび眠りにおちた。

それから数日後、彼女はもっと乱暴なやりかたで眠らされることになった。宵のうちずっと家をあけ、夜遅く帰ってきた彼女は、ひとりの男を連れていた。ひと目見て、ぼくはその男が嫌いになった。本能はぼくを裏切らなかった。スタジオにはいって三十分もすると、彼女の口からこんな言葉がもれたのだ。

「やめて、お願い！」

「いいじゃないか」

「いやよ」

「そんなこといっても」

「だめったらだめ」

「どうしても？」

「どうしてもよ」

男にいくらかでも高級な感情が残されているなら、あらゆる点でこれほど対立する二人のあいだに幸福などありえようはずがないことはわかりそうなものだ。カップルと名のつくものには、おたがい熱烈に意見の一致する部分がどこかひとつはあるものだ。たとえばミルクが好きだとか。

だが彼の感情がどのようなものであれ、それは高級にはほど遠かった。

「なぜここへ呼んだんだ?」男は冷笑をうかべていった。

「あたしのエッチングを見てもらうためよ」唇をかみながら彼女は答えた。

「それじゃ、まず――」

「あなたが絵を買ってくれそうに見えたの」

「そうかい。とんだ考えちがいだったね」

いうなり、男は彼女のこめかみに一撃をくわえた。

彼女は声もなく崩折れ、ぐったりした。

「くそっ!」

と、男はいった。

「死んだ。殺しちまった。縛り首だ。いや――逃げればなんとかなる」

その冷たい論理には感心するほかはなかった。つかのま、行動派のその男、その俗物に対する詩人のいわれなき敗北感が、ぼくをおそった。

男は手早く彼女の服をぬがせた。

「ちくしょう！　もうすこし手加減すればよかった！」彼はそうひとりごちた。

そして彼女を肩にかつぎあげると両足をにぎりしめ、階段をあがって暗いバルコニーにあがってきた。男はトランクをあけ、彼女をなかに押しこんだ。

「すてきじゃないか！」と、ぼくは思った。「なにはともあれ、彼女はここ。なにはともあれ、ぼくとふたりきり。自分が死んだとわかれば、彼女だって文句をいうまい」

それは苦い思いだった。

夜が白みはじめると、男はタクシーを呼びにいった。運転手が男といっしょに現われ、ふたりはおもてで待っている車にトランクを運んだ。

「ふうっ、こいつは重いや！」と、運転手はいった。「いったい何がはいってるんですか？」

「本だよ」と、おちつきはらって殺人者はいった。

もしぼくがもうちょっと頭の回転が早かったら、「『楽園喪失』全二巻だよ」なんて文句を思いつき、そのとき、その場でいってしまったにちがいない。そうなれば当然物語はここで終わることになる。ところが、ぼくの頭の回転はそれほど早くなく、トランクをつんだタクシーはビクトリア駅の方角にむかった。

冷たい夜気が、噴流となって空気穴からはいってきた。ぼくは彼女が死んだものと思って悲嘆にくれていたのだが、流れこんだ夜気が顔をなでたとたん、彼女はため息をもらした。

ほどなく彼女はすっかり意識を取り戻していた。

「だれ、あなた？」

彼女はびっくりしたようにたずねた。

「エミリーっていうんだ」

ぼくは如才なくいった。

「冗談はよして」

「きみの名前は？」

「スチュアートよ」

「それなら、ぼくはフローラ・マクドナルドだ（スコットランドの女傑。一七二二〜九〇。スチュアートは、その夫）」そう答えずにはいられなかった。

というわけで、ぼくはいとも簡単にこれまで絶望と思われていた恋の対象に近づくことができた。

「死んだほうがましだわ」と、彼女はいった。

「ある意味では、きみはもう死んでるんだよ。それに、ぼくはきみの小鬼だぜ。それとも、これはみんな夢かもしれない。だったら、なおさらくやむことないじゃないか。どうやら、あいつはぼくらをパリに連れていってくれるらしいよ」

「あら、あたし、前からパリにハネムーンに行きたいと思っていたのよ」

「パリの月！」と、ぼくはいった。「川岸の古本屋。左岸の小さなレストラン！」

「エトワル広場！」と、彼女は叫んだ。

「オペラ座！」

「ルーブル！　プチパレ！」

「シャンゼリゼ！」

「ダーリン」と、彼女はいった。「こんなに暗くなかったら、あなたにエッチングを見せてあげたいわ、もしまだ持っていたらの話だけど」

ぼくらは有頂天だった。

パリ行きの切符をうけとる音が聞こえた。記名が終わった。もうぼくらは結婚したようなものだった。船の横ゆれにあわせて、ぼくらは笑った。だが、まもなくぼくらは果てしない階段を運びあげられた。

「ふうっ、こいつは重いや！」ホテルのポーターがあえぎながらいった。「このトランク、何がはいってるんです？」

「本だよ」おちつきはらって殺人者はいった。

「『楽園再発見』全一巻だよ」と、ぼくはつぶやいた。そして褒美にキスをもらった。

犠牲者の死体とともに部屋にひとりきりになったと思いこんだ殺人者は、せせら笑った。

「さて、中身はどうなってるだろう？」

荒っぽい口調でそういうとトランクに近づいた。

男はすこし蓋をあけ、なかをのぞきこんだ。縁は内側へむかって彎曲《わんきょく》している。

男が目をぱちくりさせた瞬間、ぼくらはその首をつかまえ、力いっぱい蓋をおろした。

「ギロチンかい？」ぼくは皮肉っぽくいった。

「そういうこと」眉《まゆ》をしかめて、ぼくの恋人はうなずいた。

「フランス万歳」

ぼくらは外に出ると、男をなかに押しこんだ。服はぼくがいただいた。

ベッド・シーツ一枚、ベルの引き紐《ひも》、洗面台の前のカーペットの切れはしをまとうと、彼女は魅力的なアラブの女になった。

そして、ぼくらは街へとびだした。

夜！　青春！　パリ！　そして月！

（伊藤典夫　訳）

解説

植草昌実

　短篇小説のいちばん良いところは、かまえず気負わず楽しめることにあります。電車の中でも、お茶の時間でも、おやすみ前でも、ほんの少しの間《ま》に読みはじめて、読み終えることができるのですから。いつでもどこでも、手元に短篇集が一冊あれば、わずかな時間でも、物語の世界に遊びに行けるわけです。これは、実在する魔法といってもいいかもしれません。

　もうひとつ、短篇小説の良さを挙げてみれば、好きな物語が選び放題なこと。あれこれ読んでみて、好みのものを探すのも、大好きな作品を見つけて何度も読み返すのも楽しみのうち。お菓子や一品料理を味わうように小説を読むのは、なんとも幸せなひとときではありませんか。

　作品も多彩で豊富。切ない恋も奇妙な事件も、おかしな話もこわい話もあります。

胸をうつ結末に涙を落とすことも、意表をつく結末に本を取り落とすことも。名探偵のあざやかな謎解《なぞと》きに舌を巻くのも、なかなか解けない謎の煙《けむ》に巻かれるのも、お好み次第です。

「短篇の名手」と呼ばれる作家も星の数ほど。たとえば、ティーンエイジャーの頃からお馴染みの星新一やO・ヘンリー。奇妙な味わいのロアルド・ダールや阿刀田高。人生の一瞬を切り取るサマセット・モームやヘミングウェイ。ほらふきマーク・トウェインに意地悪アンブローズ・ビアス。本書に始まる《予期せぬ結末》シリーズの編者、井上雅彦も、ファンタスティックな短篇の名手です。

そして、ここにご紹介するジョン・コリアもまた、長きにわたって短篇小説の名手と呼ばれてきました。

コリアの作品といえば、完全犯罪がささいなことから破綻《はたん》するミステリー「クリスマスに帰る」や、ビルから転落する悪夢の繰り返しを描く「夢判断」、奇怪な蘭《らん》の花の物語「みどりの想い」などを、アンソロジーなどでお読みの方も多いことでしょう。が、本文庫で彼の本を出すのは初めてなので、まずはどんな作家か、簡単にご紹介させていただきます。

ジョン・コリアは一九〇一年にロンドンの名家に生まれました。曽祖父は国王の侍医で、一族からは医師や文人が輩出していたそうです。が、ジョンの時代になると、生活はけっして豊かではなかった、とのこと。若くして詩人を志すものの、文筆で認められたのは創作のほうでした。人間の男女と雌チンパンジーの奇妙な三角関係を描いた長篇小説『モンキー・ワイフ』（一九三〇）や、「みどりの想い」を表題作にした短篇集（一九三二）が好評を得たものの、経済的に豊かにはなれず、一九三〇年代の後半、ハリウッドのシナリオ・ライターになるため、フランス経由で渡米。それからはアメリカとイギリスを行ったり来たりし、映画脚本を手がけながら、《ニューヨーカー》《エスクワイア》《アトランティック・マンスリー》などの雑誌に短篇小説を発表しました。

一九五一年には、それまでに発表した短篇小説から五十篇を自選した *FANCIES AND GOODNIGHTS* を出版。この短篇集で、ＭＷＡ（アメリカ探偵作家クラブ）のエドガー賞と、世界幻想文学大賞を受賞しています。これで創作は一段落、と考えたか、その後コリアはフランスに渡り、コート・ダジュールに隠棲《いんせい》しました。そこではおもに園芸と、ミルトン『失楽園』の映画脚本化に取り組みましたが、ときどき《プレイボーイ》や《エラリー・クイーンズ・ミステリ・マガジン》などに短篇を発表しています。そして、一九七九年にアメリカに戻り、翌年にサンタモニカ近郊でその人生を終えました。

さて、そのジョン・コリアの短篇小説は、どのような味わいのものなのでしょうか。これまで紹介されてきたイメージは「すれっからしの読者向け」で「悪魔的な笑いや皮肉が凝縮されている」というものですが、それは一部の作品のみを指しているように思われます。コリアの書くものがすべて、辛口の小説通好みだ、というわけではありません。作風は全体にコミカルで、その笑いが明るいときもあれば、意地の悪いときもある、といったところでしょうか。

また、結末のつけかたも、ハッピーエンドあり、ひねって苦味をきかせたものあり、怖いのもあり。まさに「予期せぬ結末」ぞろいです。

本書は、書籍未収録の作品と本邦初訳作を中心に、井上雅彦が厳選した、ジョン・コリア傑作集です。前半はミステリー風味のものを揃《そろ》え、パロディのインターバルを挟んで、後半にファンタスティックなものやロマンスを集めています。トーンが明るくハッピーエンドの作品が多めなので、はじめてコリアを読む人には最適でしょう。

もちろん、辛め、苦めの味わいのものや、ナンセンスなものもありますので、著者の長年のファンの方にも、存分にお楽しみいただけると信じています。

コリアの短篇集は現在、『炎のなかの絵』（早川書房・異色作家短篇集7）と、『ナツメグの味』（河出書房新社・KAWADE　MYSTERY）が手に入れやすく、そこに本書を加えると、先述の自選集に収録された作品のほとんどを読むことができます。本書でコリアの作品がお気に召した読者のかたには、ぜひ二冊ともお楽しみいただければ、望外の喜びです（なお、収録作品の重複は避けていますが、「夜、青春、パリそして月」のみ、『ナツメグの味』でも別の翻訳で読むことができます）。

「あの噺家《はなしか》は長屋ばなしが得意だ」とか「人情ばなしはこの師匠に限るねえ」とか、落語家について語ることがありますが、短篇作家にも得意のネタがあります。コリアでは、それは完全犯罪の計画であったり、奇妙な動物であったり、天使や悪魔であったり。そして、そのほとんどに、「男と女」のテーマが結びついています。

犯罪ものでは、悪妻を殺そうとする夫が犯行に四苦八苦する、というものが、コリアは得意なようです。本書では「完全犯罪」や「よからぬ閃《ひらめ》き」などがあります。中でも表題作の「ミッドナイト・ブルー」は、その特異な謎解きで、ミステリー史上でも希《まれ》な作品といえるでしょう。なお、この主題の作品は、他の短篇集では先述の「クリスマスに帰る」をはじめ「死者の悪口を言うな」「霧の季節」「死の天使」「ナツメグの味」などがお楽しみいただけます。

本書の動物ものには、猫にしゃべらせようとする男の話「多言無用」や、新婚夫婦をふりまわす豚の「メアリー」、夫を亡くしたばかりの女性が怯《おび》える「黒い犬」があります。他の短篇集では、妻の珍獣好きをうとましく思い、毒蛇をペットにあてがって彼女を殺そうとする夫の計画を描いた「記念日の贈り物」、ネズミ取りのセールスマンと相棒のネズミの悲劇「鋼鉄の猫」、ノミの遍歴を物語る「ギャヴィン・オリアリー」などが有名でしょう。唯一邦訳のある長篇『モンキー・ワイフ』も、いうまでもなく動物ものですね。動物ならぬ怪物が出現する「ある湖の出来事」「猛禽《もうきん》」「船から落ちた男」のような作品も楽しい。そういえば「みどりの想い」の蘭も、怪物と呼んでいいかもしれません。

天使や悪魔、妖精《ようせい》や幽霊といった、ファンタスティックな世界の住人たちが登場する作品も、コリアは得意でした。本書に選ばれたのは、天使と悪魔が同じ青年に恋をしてしまう「恋人たちの夜」のみですが、他にも「流れ星」や「地獄行き途中下車」、映画界に悪魔が現れる「炎のなかの絵」や「ひめやかに甲虫は歩む」、異世界からの来訪者たちを描く「だから、ビールジーなんていないんだ」「宵待草」「瓶詰めパーテイ」といった作品もあります。

こんなコリアですから、たとえばロマンスを書いても、やはり奇妙なものにならざるをえない。失恋した青年が、せめて剝製《はくせい》になって彼女のコレクションに入れてもらおう、と思い立つ「木鼠《りす》の目は輝く」や、家賃が払えなくなった詩人が引き払ったふりをしてトランクにひそみ、新たに転居してきた女性に思いを寄せる「夜、青春、パリそして月」、マネキン人形に恋をしてしまった店員の逃避行「特別配達」などは、なんだか江戸川乱歩みたいなアイデアの作品ですが、コリアが書くと明るくなって、『黒蜥蜴《くろとかげ》』や「人間椅子《いす》」、「人でなしの恋」を連想するのも、ちょっと難しくなってしまいます。

他にも、神話や伝説をふまえたものや風刺ものなど、コリアの短篇は多彩です。ミステリーと幻想文学の双方から高く評価されているのも、その多彩さゆえにでしょう。

この、多彩にしてひとくせある作家が、より多くの読者に知られるようになったのは、アメリカでは一九五五年から約十年間にわたって放送されたTVドラマ『ヒッチコック劇場』のおかげ、と言ってもいいでしょう。原作や脚本に、ロアルド・ダール、ロバート・ブロック、レイ・ブラッドベリ、スタンリー・エリン、ヘンリー・スレッサーら短篇の名手が名を連ねた、ミステリー・ドラマのシリーズです。短篇小説が、書籍や雑誌だけでなく放送メディアでも楽しまれるようになり、小説家たちが脚本家でもあった時代を象徴する番組だったと言えるでしょう（余談ですが、ロバート・ブロックが自伝で書くところによると、有名になったぶん映画界での仕事に悩みを増したヒッチコックに、ブロックが「TVの仕事はどうだい？」と勧めたのが、『ヒッチコック劇場』が生まれるきっかけになった、とのことです）。

コリアもこのドラマ・シリーズに、原作の提供や脚本の執筆で参加していました。ヒッチコック自らが監督した「クリスマスに帰る」と「雨の土曜日」のほか、「死者の悪口を言うな」や「記念日の贈り物」などが映像化されています。

また、ミステリーの『ヒッチコック劇場』に対して、SF／ホラーのTVドラマとして、ロッド・サーリングの『ミステリーゾーン』（一九五九―六四）がありました。リチャード・マシスンやチャールズ・ボーモントらも原作や脚本に参加した、やはり同時代を象徴するドラマ・シリーズです。

こちらにも、コリアは一作だけですが、原作を提供しています。本書巻頭の「またのお越しを」がそれで、この短いお話をどうやって三十分枠のドラマにするのか、と思いきや、エピソード「媚薬《びやく》」は、小説の細かい要素を見事に脚色した好篇に仕上がっていました。

コリア同様、『ヒッチコック劇場』と『ミステリーゾーン』に関わったレイ・ブラッドベリが、*FANCIES AND GOODNIGHTS*の復刻版（New York Review Books, 2003）の序文で、興味深い思い出を書いています。

ブラッドベリは若い頃、名前も知らなかったコリアの短篇集を、古本屋でなにげなく買い、読むやいなや「自分の人生が変わった」と思うほどの強い印象を受けました。それまでに愛読してきたヘミングウェイやスタインベック、ハインラインやヘンリー・カットナーの作品と並ぶほどのものだったそうです。また、P・G・ウッドハウスやサキを連想させるユーモア感覚を持ちながら、けっして似ているわけではなく、その短篇の純粋さは比べるものがない、とも語っています。

ドラマの脚本を書くようになったころには、ブラッドベリは『ヒッチコック劇場』の「雨の土曜日」に感嘆。『ミステリーゾーン』の後番組の企画に悩むロッド・サーリングが相談に来たときは、自宅の書庫に連れていき、マシスンやボーモント、ダールらの本をひと抱え渡した上に、コリアの短篇集を置いて持ち帰らせた、とのこと。

長らく「ジョン・コリアに会いたい」と願っていたブラッドベリでしたが、ある年のクリスマス、ハリウッドのとあるパーティでついに、コリア夫妻と同席する機会を得ました。が、声をかけるきっかけもなく、深夜を過ぎていよいよ二人が帰るというときに、ブラッドベリは意を決して話しかけようとしました。すると、立ち止まったコリアがブラッドベリにかけた言葉は……

「メリー・クリスマス」

コリアはそのまま帰ってしまい、ブラッドベリが彼に会うチャンスがもう一度めぐってくることは、なかったそうです。

偉大な短篇小説作家二人の出会いが、このようにあっけなく終わってしまうとは、事実は短篇小説よりも、予期せぬ結末を運んでくるものなのかもしれません。

（本稿を書くにあたり、河出書房新社『ナツメグの味』の垂野創一郎氏による解説、ならびに、インターネット上での『ヒッチコック劇場』『ミステリーゾーン』関連の資料を参考にさせていただきました。また、資料収集には、松坂健氏、森瀬繚氏の御協力をいただきました。記して感謝申し上げます。）

初出一覧

●またのお越しを（一九四〇）植草昌実訳　旧訳「また買いにくる客」サンリオSF文庫『ジョン・コリア奇談集』一九八三年
●ミッドナイト・ブルー（一九三八）田口俊樹訳　ミステリマガジン一九八〇年九月号
●黒い犬（一九五七？）植草昌実訳　異稿「犬のお悔やみ」日本版エラリイ・クイーンズ・ミステリ・マガジン一九六〇年十二月号
●不信（一九三三）植草昌実訳
●よからぬ閃き（一九五八）植草昌実訳
●大いなる可能性（一九四三）田村義進訳　ミステリマガジン一九八二年十一月号
●つい先ほど、すぐそばで（一九六〇）植草昌実訳　旧訳「愛のヴァリエーション」ミステリマガジン一九七二年八月号

●完全犯罪（一九五六）小鷹信光訳　河出文庫『美食ミステリー傑作選』一九九〇年
●ボタンの謎（一九三四）植草昌実訳
●メアリー（一九三九）田村義進訳　ミステリマガジン一九八一年五月号
●眠れる美女（一九三八）山本光伸訳　ミステリマガジン一九七一年六月号
●多言無用（一九四〇）伊藤典夫訳　扶桑社ミステリー『不思議な猫たち』一九九九年
●蛙のプリンス（一九四一）田口俊樹訳　ミステリマガジン一九七九年五月号
●木鼠の目は輝く（一九四一）植草昌実訳　旧訳「リスの目は光る目」サンリオ文庫『ジョン・コリア奇談集Ⅱ』一九八四年
●恋人たちの夜（一九三四）伊藤典夫訳　文化出版局『吸血鬼は夜恋をする　ＳＦショート・ショート』一九七五年
●夜、青春、パリそして月（一九四一）伊藤典夫訳　Men's Club 一九七二年二月号

＊特記ないものは本邦初訳

◉編者紹介　井上雅彦（いのうえ　まさひこ）

1960年生まれ、東京都出身。明治大学商学部卒業。

小説家、アンソロジスト。

1983年、「よけいなものが」で星新一ショートショート・コンクール優秀賞を受賞し、作家デビュー。著書に『竹馬男の犯罪』（講談社）、『異形博覧会』（角川ホラー文庫）、『燦めく闇』（光文社）、『夜の欧羅巴』（講談社）など。

アンソロジストとしては、1998年より完全書き下ろしのホラーアンソロジー『異形コレクション』（廣済堂文庫、光文社文庫）を監修、すでに45巻に及ぶ。

予期せぬ結末1　ミッドナイト・ブルー
発行日　2013年5月10日　第1刷

著　者　ジョン・コリア
編　者　井上雅彦
訳　者　伊藤典夫、植草昌実、小鷹信光、
田口俊樹、田村義進、山本光伸

発行者　久保田榮一
発行所　株式会社 扶桑社
〒105-8070　東京都港区海岸1-15-1
TEL.(03)5403-8870（編集）　TEL.(03)5403-8859（販売）
http://www.fusosha.co.jp/

印刷・製本　図書印刷株式会社
万一、乱丁落丁（本の頁の抜け落ちや順序の間違い）のある場合は
扶桑社販売宛にお送りください。送料は小社負担にてお取り替えいたします。

ISBN978-4-594-06805-9　C0197
Printed in Japan（検印省略）
定価はカバーに表示してあります。